LES SOLDATS DE SATAN

LE CELTE : Je souhaite recevoir :

- le catalogue général
- Les volumes cochés ci-dessous au prix de 5,80 € l'unité, soit :

N°(* Titres épuisés.)……………………………………………………………

soit……………………………………… ….livres à 5,80 € =…………… €

+ frais de port =…………..…..

(1 vol. : 2 €, 1 à 3 vol. : 3,50 €, 4 vol et plus : 4,90 €)

TOTAL……(ajouter à TOTAL abonnements)……………...….=……………€

N° TITRES PARUS * ÉPUISES

*1 LE BAL DES ANGES

29 LE BOUCHER D'AL-QUAIDA

30 LE FAUSSAIRE

31 CONTRAT SUR LE CELTE

*32 PERMIS DE TUER

*33 OPÉRATION DÉSERT ROUGE

34 DUEL À MORT

35 L'ENNEMI PUBLIC° 1

36 LA MAFIA DE L'ART

37 CLONAGE

38 VIRUS

40 LA GUERRE DES GANGS

41 LES BRIGADES DE LA MORT

42 LA CIBLE

43 CORRUPTION

44 MISSION MILADY

45 LA LÉGION DES SCORPIONS

46 KIDNAPPING

47 CASSEURS DE FLICS

48 LE PRÉDATEUR

49 ALERTE ROUGE SUR L'ÉLYSÉE

50 LES SOLDATS DE SATAN

ROBERT MORCET

Le Celte

LES SOLDATS
DE SATAN

VAUVENARGUES

À Sainabou Cissé et toute son équipe de l'école Eurasiam, dirigée par Lionel Panafit et Guillaume Dorison, qui adaptent, avec talent, Le Celte en version manga pour une parution début de l'année 2008.

ISBN : 2-7443-1347-9

CHAPITRE PREMIER

Ils avaient choisi une nuit noire, très noire, loin du calendrier de la pleine lune. Et à 30 km de Vienne, la capitale, le ciel nc subissait aucune pollution lumineuse. Dans ce noir sidéral des myriades d'étoiles scintillaient. Un ciel comme ils n'avaient plus l'habitude d'en contempler. Eux, ils étaient des enfants de la ville. Leur terrain de chasse habituel était les rues, les banlieues, les entrepôts discrets, abandonnés. Là où le ciel rosissait des lumières citadines.

Ils avaient arrêté les motos bien avant le couvent, sous les arbres de la forêt. Ils avançaient en rangs serrés, sur le bas-côté de la route. Mais à cette heure-ci, dans ce coin perdu, il y avait peu de chance qu'un véhicule emprunte cette route qui ne menait qu'au couvent de la congrégation du Saint Sépulcre. Une vingtaine de femmes, de tous âges, retirées loin du monde, de la foule, des problèmes. Des femmes qui n'avaient rien à craindre de la mondialisation, du chômage, de la violence… Enfin, jusqu'à ce soir…

Ernst Weinberg marchait en tête. Sous son crâne rasé il avait ceint son front d'un bandeau noir. Son corps souple, moulé dans une combinaison de la même teinte obscure, se mouvait avec aisance, comme s'il était doté d'yeux de chat. Il devinait les obstacles bien avant de les aborder. Il sautait, tel un jeune faon par-dessus les racines traîtresses, les ronces enchevêtrées, les orties agressives.

Ses cinq complices se seraient fait hacher menu pour lui. Il était leur maître, leur gourou, leur dieu. Que des garçons. Pour ce soir, les filles étaient bannies de cette expédition.

Bientôt la masse des bâtiments du couvent se dressa devant eux, nichée au sein des arbres. Ernst, d'un geste impérial, arrêta la petite troupe. Tous se regroupèrent autour de lui. En un geste devenu rituel, le chef caressa son crâne rasé de la main droite. Il inspecta la meute de jeunes loups qui ne demandaient qu'à en découdre. Tous vêtus de noir. Certains avaient coiffé un bonnet de laine, d'autres avaient noirci leurs visages, ou l'avaient agrémenté de peintures de guerre. Les poings serrés, ils le dévoraient des yeux, attendant ses ordres.

– Karl, Johann, vous vous occuperez des bâtiments de droite. Thomas, Wilfried, de ceux de gauche. Toi, Hans, avec moi au centre. Go, les gars ?

– Go ! chuchotèrent-ils d'une même voix.

Les mains se tendirent au centre qu'ils formaient. Puis, le cercle se disloqua et chacun fonça vers le couvent pour la mission dont il était investi.

De hauts murs cernaient les différents corps de logis et de prière. Par bonds agiles, tels de jeunes chats, ils s'élancèrent à l'assaut de ces remparts qu'ils escaladèrent, tous, avec une incroyable légèreté. Un, puis deux, puis trois furent bientôt à califourchon sur le haut du muret hérissé de tessons de bouteilles qui n'avaient pas l'air de les gêner outre mesure.

Ils enjambèrent les pierres froides et sautèrent sur l'herbe molle et humide, les uns après les autres, se recevant avec souplesse, se relevant de même. Courbés en deux, ils attendirent, immobiles, quelques secondes, guettant le silence. Ernst se redressa le premier. Ce fut le signal. Ils se déployèrent à travers le jardin, écrasant les salades et les plantes aromatiques.

Soudain, le carillon clair de la cloche de l'église les figea sur place. Mais elle n'appelait aucune nonne à la prière. Tout restant calme dans le couvent, ils reprirent leur progression.

Bientôt, la bande des cinq atteignit le cloître. Ils se faufilèrent sous les arcades, les Adidas feutrés glissant sur les vielles dalles de pierre, polies par tant et tant de pas au fil des ans.

Sœur Katerina était insomniaque. Ce silence trop pesant, curieusement, l'empêchait de dormir. L'angoisse se réveillait dès que les portes des cellules se fermaient. Se retrouver seule dans sa petite pièce blanche lui avait toujours été insupportable. En vingt ans, cette étreinte qui lui serrait les entrailles ne l'avait pas quittée. Peut-être aurait-elle dû choisir un ordre où l'on dormait en dortoir. Elle avait souvent tourné et retourné cette hypothèse dans sa tête au cœur de la nuit, sans jamais lui trouver une réponse satisfaisante. Se confier à ses sœurs ? Non. Elle aimait la discrétion. Se livrer à ses semblables était une douleur intolérable. La confession hebdomadaire était une véritable épreuve pour sœur Katerina.

À genoux sur les dalles froides, dans sa longue chemise de drap blanc grossier, les mains jointes devant le crucifix posé sur une petite table de bois brut, elle priait. Après une heure ou deux de ce supplice, ses yeux voudraient bien, enfin, se fermer. Elle s'allongerait sur la couche dure, sur le dos, les mains toujours jointes, et chiperait quelques heures de sommeil.

Bien que l'hiver soit exceptionnellement doux cette année, le temps rafraîchissait le soir. Après quelques minutes de pieux chuchotements, elle frissonna. Elle se mit debout pour prendre le châle qui était sur le lit. Passant devant la lucarne, son regard se porta sur les arcades du cloître.

Sœur Katerina s'immobilisa. Qu'est-ce que c'était que ça ? Il lui avait semblé apercevoir une silhouette courbée qui traversait rapidement. Un loup ? Il y en avait déjà eu qui, venant de la forêt, s'aventuraient jusque dans le couvent, à la recherche de pitance.

Demain, il y aurait du travail car il aura saccagé le jardin, pensa-t-elle en tendant la main vers son châle. La porte de la cellule s'ouvrit brutalement. Sœur Katerina ouvrit de grands yeux tout ronds sur la silhouette de l'homme qui se découpait dans la clarté chiche du cloître. La gorge serrée, elle ouvrit cependant la bouche pour crier. Mais l'homme avança d'un pas à l'intérieur de la cellule en mettant un doigt sur sa bouche.

Instinctivement, sœur Katerina obéit. Sans doute la trop longue habitude de ne plus prendre aucune décision, de s'en remettre toujours à la Mère supérieure.

L'homme continuait à avancer vers elle. Vu le nombre de mètres carrés, il n'eut qu'un pas de plus à faire pour agripper son poignet d'une main ferme. Elle sentit les doigts noueux, froids comme de l'acier, se refermer sur sa chair molle et blanche. L'homme la tira vers lui et l'entraîna hors de la pièce.

Dans l'obscurité du cloître, le regard affolé de Sœur Katerina repéra immédiatement les longues chemises blanches de ses sœurs, regroupées au centre du jardin, près de la vasque fontaine. L'homme, d'une bourrade dans le dos, sans un mot, la poussa vers ses compagnes toute aussi muettes qu'elle.

Toutes les portes des cellules étaient largement ouvertes. Ernst grimpé sur le muret entre deux colonnettes du cloître, les mains sur les hanches, les jambes légèrement écartées, un sourire carnassier aux lèvres, admirait le travail de ses équipiers.

Ils se tenaient, bras croisés, hilares, devant le groupe apeuré des nonnes. Ne manquait que Hans qui arriva bientôt, traînant à bout de bras la dernière des bonnes sœurs, la Mère Supérieure, sœur Marie-Agnès. Ses cris trouèrent le silence effroyable. Les mots français, sa langue natale, se mêlaient aux imprécations allemandes.

– Laissez-moi… Au secours !

Le sourire d'Ernst s'accentua. C'était pathétique ! Appeler au secours alors que le couvent était à des kilomètres du premier village.

D'un mouvement brutal, Hans projeta la Mère supérieure dans le groupe de ses ouailles qui se serrèrent autour d'elle. Mais elle n'eut pas un regard pour elles. Les poings serrés, le visage congestionné de peur et de colère, elle fit face à leurs agresseurs.

– Qu'est-ce que vous voulez ? De l'argent ? Des bijoux, nous n'en avons pas, excepté notre alliance qui nous lie à Jésus, notre amour.

Ce disant, elle ôta l'alliance de son annulaire et la tendit aux hommes rigolards.

– Tenez ! Prenez-les. Elles sont en or. Mais vous n'en tirerez pas grand chose.

Un rire tonitruant lui cloua le bec. Son regard se tourna vers Ernst. D'un bond, il était descendu de son piédestal et approchait, secoué d'un rire obscène.

– De l'or ! Mazette ! Nous n'en espérions pas tant. N'est-ce pas mes bons compagnons ?

– Il y en a dans la chapelle, sûr ! glapit Wilfried.

C'était un petit sec, nerveux, ne tenant pas en place, se balançant d'un pied sur l'autre.

– C'est vrai, ça ! renchérit Karl. Y a le calice, le ciboire, les crucifix et tous ces machins qui servent aux offices.

– Comment tu sais ça, toi ? demanda Hans.

Karl baissa les yeux.

– J'ai fait mon catéchisme, avoua-t-il, honteux.

Déjà, les gars, appâtés par l'argent, faisaient mine de bondir sous les arcades.

– Allons, mes bons amis, clama Ernst d'une voix forte et calme. Sommes-nous venus pour un vulgaire butin, indigne de nous ? Ne vous ai-je pas promis la fiesta dans cette expédition ?

– Tu as raison. Alors, on fait quoi ?

– De l'or ? réclama tout de même Hans.

– Après.

Ernst laissa planer son regard sur sa bande, puis sur les nonnes, serrées frileusement contre la Mère supérieure. Quoi ? Elle fanfaronnait, le regard fier et hautain, les défiant, sans peur. C'était de la triche, pas de jeu ! Ça ne faisait pas son affaire. Allons ! Son Dieu ne lui donnait pas cette force… On allait bien voir.

– Hans…

L'autre se mit presque au garde-à-vous.

– Excepté l'abbesse, qui aura un sort particulier…

Son regard soupesa la Mère supérieure, qui ne broncha pas. La diablesse ! Il continua, cependant.

– Regardez, elles ne sont pas si mal, ces femmes. Qu'est-ce que vous en pensez ?

Les garçons eurent des rires gras et obscènes en faisant claquer leur langue.

– Dis… Y en a quelques-unes qui sentent le rassis, fit Wilfried.

– Dis-toi que tu sera le premier. Elle n'a sûrement jamais connu d'homme.

– Oh ! Les p'tites poulettes… Jeunes pousses, ou vieilles tiges, je prends toutes, les unes après les autres, grogna Thomas. Pour le sexe, j'ai un appétit d'ogre.

Mais ils ne bougeaient pas, attendant le feu vert du chef.

– Eh bien, allez-y ! Profitez-en ! Faites-leur

connaître le grand frisson de l'amour. Je suis sûr qu'elles n'imaginent même pas ce que c'est.

Hans prit la main de sœur Marie-Agnès.

– Non, pas elle, rugit Ernst, qui ne supportait pas le regard dominateur de la nonne.

Les hommes commencèrent à tourner autour des femmes qui se serraient de plus en plus les unes contre les autres.

– Ne les touchez pas ! hurla sœur Marie-Agnès. Et faites de moi ce que vous voulez.

Ernst eut un rire heureux. Enfin, elle craquait.

– Nous n'y manquerons pas, ma bonne sœur, railla-t-il d'une voix gouailleuse.

Malgré ses cheveux coupés au ras du crâne, sœur Katerina avait un joli visage, à l'ovale parfait, que deux grands yeux bleu clair éclairaient. Wilfried approcha. D'une main délicate, il caressa le menton de la jeune femme, qui recula en poussant un cri.

– Viens, ma belle, viens… Je suis un champion, paraît-il.

Il la tira hors du groupe de ses compagnes. Les autres garçons faisaient, eux aussi, leur choix. Hans fondit sur une jeunette dont les yeux exorbités d'horreur l'excitaient. D'une main vive, il souleva le pan de la longue chemise blanche, découvrant deux jambes fluettes, serrées l'une contre l'autre. La nonne eut un cri qui fit bondir la Mère Supérieure. Elle agrippa la chemise et la rabattit vivement.

– Vous n'avez pas le droit, glapit-elle, hors d'elle.

Ernst sourit, ravi. Elle était épatante, cette Supérieure.

– Allez-y, les gars. Vous avez tous les droits, hurla-t-il.

Plus question de retenue, de timidité. Les bas instincts éclatèrent livrant les jeunes vierges à la convoitise hargneuse des mâles déchaînés.

Ernst approcha de la Mère supérieure, tétanisée par le spectacle immonde dont le cloître était le théâtre. Aurait-elle pu imaginer, un jour, que ce lieu de paix, de retraite, de méditation, serait la scène de turpitudes infamantes ?

Il agrippa ses épaules et la tira en arrière. Elle n'avait même plus le courage de se débattre. Ernst, d'un bond, grimpa sur le rebord de la galerie, s'adossa à une colonnette et, un pied sur l'épaule de sœur Marie-Agnès, il contempla le spectacle, obligeant la Supérieure à regarder, elle aussi.

Elle voyait les corps nus, blafards, de ses filles, livrés aux mains fouilleuses et avides. Des jambes écartées, relevées, offrant au regard, à la main baladeuse, le bouton de leur intimité. Certaines disparaissaient sous la masse du jupon relevé à la hâte. Karl avait empoigné les jambes de sa victime et, à genoux entre ses jambes, il la pilonnait avec force en ahanant.

Tout se mêlait : les cris des nonnes, les halètements des hommes, le rire de Ernst.

Quand, repus, fatigués, la petite bande abandonna les corps meurtris des pucelles, Ernst sauta sur l'herbe et poussa la Mère devant lui. Sa main froide et dure emprisonnant sa nuque, il lui susurra à l'oreille :

– Vous ne pensiez tout de même pas échapper à ce traitement de faveur ?

D'une bourrade, il la projeta vers ses hommes.

– Que chacun de vous en profite, proféra-t-il.

Il agrippa la chemise par le col et tira violemment sur le tissu qui se déchira de haut en bas. Un petit cul bien pommé apparut. Ernst apprécia. Elle était bien foutue ! Quel gâchis de consacrer un si beau corps à la miséricorde de Dieu !

Les hommes, Hans en tête, s'avancèrent en retroussant les babines, comme une bande de loups affamés.

– Stop ! cria Ernst. Un mets aussi délicat se mérite.

Il tira de sa poche trois dés et les fit sauter au creux de sa main. Tous avaient compris. Ils firent cercle autour du chef et s'accroupirent sur l'herbe humide.

Ernst tendit le jeu de dés au premier à sa droite, Karl. Le garçon frotta les trois dés dans sa paume et, un sourire mauvais aux lèvres, il les fit rouler devant lui. Sur l'herbe, les dés n'allèrent pas loin. 3-5-1.

– 9, annonça Ernst.

Karl passa le jeu au suivant. Wilfried les emprisonna entre ses deux mains et souffla dessus, histoire de leur donner un peu de chance. Les trois dés roulèrent sur le sol. Les têtes se penchèrent. 2-2-4.

– 8, annonça le chef.

Karl eut un sourire triomphant.

Le troisième, Johann tira 6-5-4. Le dernier, Thomas passa les dés d'une paume à l'autre avant de se décider à les jeter devant lui. 6-6-1.

– À toi l'honneur, trancha Ernst. Déflore cette vierge effarouchée. Et prends ton temps. Nous suivons avec attention tes prouesses.

Karl rit jaune en lançant :

– Sois à la hauteur de ta réputation, Don Juan !

Pendant toute cette macabre mise en scène, les nonnes s'étaient regroupées, attrapant leurs nippes déchirées, les serrant contre leurs corps grelottants, honteuses, mortifiées, n'osant ni se regarder, ni se consoler, chacune seule avec son humiliation et sa douleur.

Sœur Marie-Agnès, n'avait pas bougé, statufiée, les bras croisés sur sa poitrine dénudée, les jambes serrées l'une contre l'autre, tentant de cacher aux regards la touffe brune qui fleurissait son entrejambe.

Johann se leva. Son regard avide de quelqu'un qui n'a pas mangé depuis plus de huit jours, auquel on présente un somptueux repas, se posa sur la Mère. Elle avait la cinquantaine, mais bien conservée. Le corps mince, musclé, les traits pas encore empâtés ou trop striés de rides. La noblesse hautaine qui se dégageait de son attitude, faisait qu'on avait envie de la bousculer sauvagement.

Johann humecta ses lèvres d'un coup de langue et avança vers la nonne. Les peintures noires sur son visage lui donnaient un air farouche et horrifiant. Sœur Marie-Agnès recula de deux pas. Johann sourit sans cesser d'approcher. Elle savait qu'il n'y avait aucune échappatoire et que son sort serait semblable à celui de ses sœurs. Alors, elle fit front. Elle laissa retomber ses bras le long du corps, desserra ses jambes et attendit l'assaut en plantant son regard clair dans celui de l'homme.

Dans le groupe apeuré des nonnes, Sœur Katerina soudain, joignit les mains en un geste de prière. Sa voix claire s'éleva dans la nuit, entonnant un cantique à la gloire du Seigneur. Bientôt, toutes les voix se raccrochèrent à ce chant solitaire qui célébrait le sacrifice de leur supérieure.

Les garçons, d'abord surpris et décontenancés,

regardèrent le groupe des femmes et, avec un bel ensemble, ils éclatèrent de rire.

Johann continua sa lente approche de félin vers ce corps blanc qui se détachait dans la nuit. Le chant des nonnes ressemblait à une marche nuptiale. Tout en avançant, il descendit la fermeture à glissière de son pantalon, mit la main dans son slip et en fit sortir son sexe, qui surgit d'un bond, tel un diable hors de sa boîte. Sœur Marie-Agnès, n'eut pas un sursaut.

– On dirait que tu sais ce que c'est, susurra le garçon, dans un sourire.

Elle ne lui opposa qu'un regard de mépris, ignorant ce pieu de chair raide pointé vers elle, comme un cobra en colère.

Leurs deux corps se touchaient presque. Johann s'immobilisa. Il la contempla encore un instant, savourant à l'avance le plaisir qu'il allait prendre. Puis, d'un mouvement brusque, il l'agrippa par les bras, la souleva et l'empala avec force. Les chants des sœurs redoublèrent de ferveur. Pas une voix ne faiblit. La Mère n'eut pas un cri. Elle ferma les yeux sur les larmes qui en jaillissaient, s'efforçant d'ignorer ce membre dur qui la forçait, la torturait, sous les quolibets des assistants.

Ernst avait repris son poste d'observation entre les colonnettes du cloître.

Johann après avoir accéléré le mouvement, eut

enfin un grand cri libérateur. Ses compagnons applaudirent. Il prit sa victime par la taille, la reposa sur le sol, et relevant son menton d'une poigne ferme, il planta son regard dans le lac bleu des yeux de la nonne.

– Tu n'as même pas joui, conasse ! C'est bien la première fois qu'une femme ne se pâme pas entre mes jambes.

– Elle s'y mettra, Johann. La première fois, tu sais bien que ce n'est pas une partie de plaisir pour les meufs, remarqua Ernst.

Il regarda sa bande.

– Au suivant.

– À vous de relever le défi. Qui avait fait le meilleur score ?

Thomas sortit du groupe. Il se frotta les mains de contentement.

– Tu vas voir qu'elle va hurler de joie, mon vieux, claironna-t-il en passant devant Johann.

Sœur Marie-Agnès, était restée plantée devant Johann, anéantie, hors du temps et du vilain tour qu'il leur jouait. Thomas agrippa son bras et, d'une secousse, la fit basculer sur l'herbe. Il s'agenouilla devant elle, écarta ses cuisses sans ménagement et d'un seul coup, d'un seul, l'embrocha pour s'exciter comme un dément au-dessus d'elle, lui tenant les genoux haut levés.

Puis, ce fut au tour des deux autres, chacun y allant de sa variante, espérant tirer des cris de jouissance de la nonne. Les yeux fermés, les lèvres closes sur les cris qu'elle étouffait, la Supérieure subissait les assauts en priant, soutenue par les cantiques de ses filles. Quand Hans, le dernier, se releva, il se tourna vers le chef qui n'avait pas bougé de son piédestal et lui fit une courbette.

– À toi l'honneur.

Ernst secoua la tête.

– Emmenez-la dans la chapelle.

Hans et Thomas la soulevèrent et la portèrent à travers le cloître jusqu'à la chapelle, suivis par les nonnes qui pleuraient, criaient et s'accrochaient à Johann et Karl en les suppliant de la laisser tranquille. Tout en marchant jusqu'à la chapelle, ils leur donnaient des bourrades pour se débarrasser de leurs doigts crochus.

– Satanées femelles, hurla Thomas en assénant un coup de pied à sœur Katerina. Vous en voulez encore, c'est ça ? Ça vous a plu, hein ?

Les portes de la chapelle étaient grandes ouvertes. Une lumière blafarde, donnée par les cierges qui brûlaient en permanence, éclairait les stalles de bois sculpté et l'autel. Petit, d'une grande simplicité, ce lieu incitait au recueillement. Les nonnes se turent dès la porte franchie.

Un grand crucifix de bois s'élevait au-dessus de l'autel de marbre blanc. Ernst, d'un bond, franchit la grille du chœur.

– Qu'on l'attache sur son seigneur et maître, décréta-t-il en désignant la croix. Puisque tu es son épouse, autant que vous soyez corps à corps.

Ses hommes, en rigolant, montrèrent un zèle empressé. L'idée leur plaisait. Grimpant sur l'autel, salissant de la boue de leurs chaussures le surplis blanc, brodé par les nonnes, ils hissèrent la Supérieure. Karl sortit un rouleau de large scotch de sa poche. Quelques minutes suffirent pour que sœur Marie-Agnès soit crucifiée contre le Christ de bois.

Les nonnes s'étaient groupées dans l'ombre, muettes, horrifiées par ce sacrilège.

Ernst, pour être à la hauteur, comme à son habitude, était monté dans la chaire. Il lança un objet à Karl.

– À toi l'honneur, lui cria-t-il.

C'était un pic à glace qui résonna en tombant sur le pavement. Hans le ramassa, le considéra intéressé, eut un sourire vers son chef et avança vers la crucifiée.

– Si je me souviens bien, Jésus a été frappé d'un coup de lance au côté par un soldat romain.

Il leva le bras et frappa brutalement, alors que sœur Marie-Agnès murmurait :

– Mon Dieu, pardonnez mes péchés et accueillez-moi auprès de vous.

Un cri unique, horrible enfla entre les murs de la chapelle.

– Qu'est-ce qu'on fait d'elles ? demanda Johann en montrant les nonnes.

– Rien. Elles ne parleront pas. La honte clouera leurs becs, répliqua Ernst en sautant de la chaire.

Il prit le pic ensanglanté et approcha de l'immense croix. Sans s'attarder à contempler le cadavre de la Mère Supérieure, il grava, dans le bois, sous ses pieds le chiffre 666.

Il réempocha son arme.

– On se tire, déclara-t-il en faisant demi-tour vers la sortie.

CHAPITRE II

En cette fin janvier, le froid était enfin arrivé. Un petit froid sec, ensoleillé comme Le Baron les aimait.

Aussi, ce matin, sur le coup de 11 heures, il avait sifflé Saturne, son berger allemand et emmitouflé dans une canadienne militaire, vestige de son passé de capitaine en Algérie, muni d'une canne, un chapeau tyrolien sur sa chevelure grise et encore bien fournie, il était parti à la conquête du parc de sa propriété.

Amazy, une vieille gentilhommière, datant du XVIIIe, restaurée par ses soins avec goût et respect du patrimoine historique.

Il foulait les feuilles mortes d'un grand pas décidé. Une allure dynamique, encore jeune, malgré une soixantaine bien sonnée. Peut-être même plus. Lui-même ne savait plus. C'était le genre de longueur qu'il n'avait jamais su chiffrer. Une indifférence notoire, sans doute. Comme disait le dicton populaire : « on n'a que l'âge de ses artères ». Et pour Le Baron, le chiffre n'était pas très élevé.

Saturne gambadait à dix mètres devant lui, fouillant l'humus de son museau humide, à la recherche d'un campagnol ou d'un rat des champs qu'il aurait pourchassé pour le plaisir.

Comment était né ce surnom « Le Baron » ? Lui-même ne savait plus. Il y avait si longtemps. Ça datait du temps de son service aux renseignements en Algérie. Sans doute à cause de son allure aristocratique, de ce côté « *british* » dont il n'avait même pas conscience. Une certaine distance bienveillante qu'il maintenait avec les autres… ? Peu importe. Le Baron il était devenu, Le Baron il restait. Il n'y avait plus que ce brave Georges, son majordome, pour l'appeler encore capitaine.

Soudain, les aboiements de Saturne le tirèrent de sa rêverie. Qu'avait-il déniché ?

Le vieil homme accéléra le pas. Il atteignit la rivière qui bordait son domaine. Une de ces petites rivières si nombreuses dans ce département de la Nièvre, tranquille, serpentant sous les saules, se faufilant entre les roches affleurantes.

– Alors, tu as vu une truite ? fit Le Baron en rejoignant le chien qui jappait furieusement, le nez vers le courant.

Il s'accroupit sur la berge, sonda l'eau claire et

aperçut enfin deux truites qui jouaient à cache-cache entre les roches, nullement effrayées par les aboiements du berger allemand.

– Allez viens, fit Le Baron. Tu es maintenant trop vieux, comme moi, pour les attraper. Rentrons. Il commence à faire frais.

D'une tape sur le train arrière, il flatta l'animal et se redressa pour faire demi-tour. Saturne grogna encore une ou deux fois, histoire de ne pas avoir l'air de capituler, puis il suivit son maître.

Le Baron, à grands pas pour se réchauffer, sortit de la partie sauvage du parc et aborda la pelouse qui s'étendait jusqu'à sa demeure. Celle-ci était baignée du soleil matinal. Les admirables proportions de ce petit château le rendaient toujours heureux. Ils avaient vraiment le sens du beau et de l'équilibre au XVIIIe siècle.

Saturne s'était élancé ventre à terre, pressé, lui aussi de rentrer.

D'un pas alerte, Le Baron grimpa les trois marches du perron.

– Bonne promenade, capitaine ? demanda le fidèle Georges en l'aidant à ôter la canadienne.

Le Baron lui tendit son chapeau.

– Un temps divin, mon cher Georges.

– Monsieur désire-t-il une boisson chaude ?

– Non, inutile. Mais j'ai grand faim.

– Le repas est prêt. Quand vous voulez.

Le Baron jeta un œil sur sa montre.

– Dans une demi-heure.

– Au coin du feu ?

– Au coin du feu.

Le sexagénaire entra dans la vaste bibliothèque. C'était toujours un plaisir de se calfeutrer dans cette pièce tapissée de rayonnages chargés de livres précieux.

Il les avait tous lus, ou du moins feuilletés, un jour ou l'autre. Et chaque soir il en ouvrait un et en parcourait quelques phrases. C'était sa manière à lui de ne pas vieillir.

Dans la vaste cheminée de granit gris, Georges avait allumé un feu qui jetait des lueurs dansantes sur les fauteuils et les guéridons. Saturne avait déjà pris sa place préférée au coin de l'âtre, le museau posé sur les pattes, l'œil somnolent.

La sonnerie du téléphone vrilla le silence. Le Baron décrocha.

– Baron ? s'enquit une voix masculine.

Il fronça les sourcils, cherchant à identifier cette voix qui venait du fin fond de ses souvenirs.

– Oui, c'est moi.

– Gaëtan de Bonneuil, se présenta son correspondant.

– Ah, mon cher… Cela fait une éternité que je n'ai de vos nouvelles, s'exclama Le Baron, tout en réfléchissant.

Si l'aristocrate l'appelait, il devait y avoir une affaire grave.

– Cinq ans, exactement, Baron.

– Je suppose que ce n'est pas pour me demander de mes nouvelles que vous me téléphonez après tout ce temps ?

– Ni parce que j'ai retrouvé d'anciennes photos.

La voix, soudain, à l'autre bout du fil, se cassa.

– Ce qui m'arrive est terrible, murmura de Bonneuil.

– Je vous écoute.

Il lui sembla que son ami ravalait quelques larmes avant de poursuivre.

– Sans doute ne savez-vous pas que ma sœur cadette était carmélite. Elle était supérieure d'un couvent en Autriche, à une trentaine de kilomètres de Vienne.

– Était ? demanda doucement Le Baron.

– Hélas, oui. Car elle vient d'être victime d'un affreux assassinat.

En quelques mots, sans s'étendre sur les détails macabres, de Bonneuil relata l'attaque du couvent, les viols, la mise à mort.

– Quelle horreur, murmura Le Baron. Que puis-je pour vous ?

Car, il était indéniable qu'il venait demander de l'aide.

– Les premiers éléments de l'enquête orientent la police vers des groupes néo-nazis. Je crains qu'ils ne se préoccupent que des nonnes autrichiennes ou allemandes et laissent de côté le cas de ma sœur, française.

Le Baron avait écouté avec intérêt. Il réfléchit quelques secondes.

– Je vais voir si je peux faire jouer quelques relations, dit-il enfin, sans trop s'engager.

– Je vous en prie. Je sais que vous avez encore le bras long dans les milieux du renseignement.

Ce n'était pas tout à fait aux R.G. que Le Baron pensait.

– Je promets de vous aider. Où puis-je vous joindre ?

L'aristocrate donna son téléphone et Le Baron raccrocha après avoir promis une dernière fois.

Cette affaire relevait tout à fait de son organisation occulte, Phœnix. Un groupe de répression du banditisme en col blanc, qu'il avait monté voici quelques années. Son but : traquer, traîner en justice ceux qui croyaient mal agir en toute impunité, protégés par leur statut, leur pouvoir, leurs relations. Il avait réuni autour de lui une équipe efficace.

Il reprit le téléphone et composa un numéro.

****

Aux Champs-Elysées, dans le grand immeuble flambant neuf de l'entreprise Vuitton, le forcené s'était barricadé, tenant des vendeuses et des clients en otage. La circulation dans la plus belle avenue du monde était interdite. Les voitures de police et les cars de CRS encombraient la chaussée, sans compter la foule des badauds amassés sur les trottoirs et qui attendaient, comme au cinéma, le dénouement de cette affaire.

Le commissaire Jean Tavernier était arrivé sur les lieux voici deux heures, avec son équipe. Loïc Le Goënec, dit Le Celte, *because* ses origines bretonnes, Michel Tarou le barbu, qui, dans les cas extrêmes oubliait sa pipe au fond de sa poche et la petite stagiaire Valérie Demongeot.

– Le con… le con… n'arrêtait pas de pester le commissaire en passant une main impatiente sur ses cheveux coupés en brosse.

Une fois de plus, il plongea la main dans le paquet de gauloises et se planta une cigarette entre les lèvres, qu'il alluma de son briquet cabossé par une balle, voici des lustres. Une sale affaire qui avait failli lui coûter la vie et que ce Zippo lui rappelait plusieurs fois par jour. Enfin, heureusement qu'il l'avait eu ce jour-là, sinon, il ne serait plus là, au milieu des Champs à faire l'andouille.

Le capitaine Le Goënec prit le mégaphone et hurla :

– Tu ferais mieux de sortir, les mains en l'air. Tu vois bien que tu n'as aucune chance. Tu ne fais qu'aggraver ton cas et tu vas finir par faire une connerie.

Un journaliste du « Parisien », quotidien friand de ce genre de fait divers, approcha du commandant Tavernier.

– Commissaire, est-ce que l'homme a formulé des revendications ?

– Non, grogna Tavernier.

– Il n'a pas demandé une voiture ? De l'argent ?

– Non. C'est une histoire de licenciement que ce type croit abusif et qui passe mal. Alors, il a pété les plombs.

– Hélas ! fit le journaliste. Aujourd'hui, ça arrive souvent. On a tellement peur de se retrouver à la rue.

Le Celte surveillait les grandes baies des vitrines. Il pouvait apercevoir, comme tout le monde, les vendeurs et les clients tapis dans le fond de la boutique, et le forcené, tenant devant lui, en bouclier, une femme qu'il étranglait à moitié. Il gesticulait devant la baie vitrée en agitant un révolver.

Dans le brouhaha général, un ronflement de moto se fit soudain entendre. Valérie sauta de l'engin et courut vers Le Celte, en brandissant des papiers. Un motard de la police l'avait emmenée chez l'architecte pour voir s'il y avait une seconde entrée.

– Voilà, je les ai, lâcha-t-elle essoufflée.

Loïc déploya les plans sur le capot d'une des voitures. Après un rapide coup d'œil, il annonça à

Tavernier et Tarou qui s'étaient penchés à ses côtés :

– Derrière, rue Vernet. Il y a l'entrée de service, fournisseurs, employés. On devrait pouvoir entrer par là.

– Prudence, fit Tavernier. Il y a des vies en jeu. On ne sait pas ce qu'un homme qui a perdu les pédales peut faire. On a eu des exemples dramatiques. Je ne voudrais pas avoir une hécatombe d'innocents sur les bras.

– Vous inquiétez pas, patron.

Tarou rassembla 5 CRS, un serrurier et ils descendirent l'avenue en direction du « Fouquet's » et de l'avenue Georges V. Il ne fallait pas que le type se rende compte qu'on essayait de l'avoir.

Ils rejoignirent rapidement la rue Vernet. Stoppé devant la porte du personnel, Loïc ouvrit les plans, les consulta. Son index suivit un trajet.

– Cette porte donne dans un couloir. À droite les vestiaires, à gauche les toilettes. Puis le stock, et en face, une cuisine. Et là, la porte qui donne dans le magasin.

– En espérant qu'elle ne soit pas vitrée, ou verrouillée.

– On se demande pourquoi les employés n'ont pas cherché à fuir par là.

– Impossible, répondit Tarou. Il les a parqués à l'opposé. Si on regarde bien le plan, les otages sont groupés là, tu vois ? Trop loin de cette porte pour pouvoir l'atteindre.

Le Celte se tourna vers le serrurier.

– Allez-y.

L'homme inspecta la serrure.

– Ça va être dur. Il y a une sécurité terrible.

– Évidemment ! Vu la valeur de la marchandise stockée là-dedans ! Vous avez une idée de ce que coûte un sac Vuitton ? Même en solde, votre femme ne peut pas se l'offrir.

L'homme de l'art attaqua. Chacun pria pour que le bruit ne se perçoive pas de l'intérieur. Chaque minute était précieuse. L'homme pouvait, à tout bout de champ, commettre l'irréparable. Loïc rongeait son frein pour ne pas lui dire de se presser.

Enfin, la serrure céda. Les CRS entrèrent les premiers et se déployèrent contre les cloisons, avançant prudemment. Tarou et Le Celte se propulsèrent vers la porte qui fermait le couloir. Elle n'était pas vitrée. Ils n'avaient aucune possibilité de voir ce qui se passait dans la boutique. Ils se regardèrent et Loïc posa la main sur la poignée. La porte s'ouvrit, sans difficulté. Un des otages, tourna la tête et ouvrit la bouche. Mais Le Goënec mit un doigt sur ses lèvres et l'homme étouffa le cri qu'il allait pousser.

Devant eux, le forcené, de dos. Le Celte n'hésita pas. Il brandit son Smith & Wesson et visa l'épaule. L'homme eut un cri et lâcha son otage qui s'écroula à ses pieds. Sous la douleur fulgurante, il laissa échapper son arme.

Tarou était déjà sur lui, retournant ses bras dans le dos sans ménagement.

Voilà, tout était fini.

De l'avenue, Tavernier avait suivi l'opération. Son portable sonna à ce moment-là. Le Préfet, pensa-t-il, excédé.

– Allo ? grogna-t-il, bougon… Ah ! Baron… Vous nous chopez dans une opération de prise d'otages qui, fort heureusement, vient de se terminer au mieux. Oui… Oui… Bien entendu.

Quand Loïc le rejoignit, il le félicita et enchaîna :

– Le Baron a besoin de nous.

****

Si Joël Erhardt, l'Alsacien de l'équipe de la BRI avait été là, c'est lui qui serait allé à Vienne, grâce à sa connaissance de la langue allemande. Mais, comme il était en vacances, c'est Loïc Le Goënec qui atterrit dans la capitale autrichienne, en cette journée ensoleillée mais frisquette, de fin janvier.

Le trajet en avion avait suffi pour que Loïc se remémore tout ce que Le Baron leur avait révélé. Bien entendu, avant la discussion avec Le Baron, ils avaient sacrifié au rituel institué à chacune de leurs visites à Amazy : un whisky rare pour le commissaire et un bordeaux millésimé pour Le Celte. Le seul vin que le capitaine buvait.

Après s'être posé en douceur, il fallut attendre pour que le Boeing se gare devant une passerelle. Les passagers doucement quittèrent l'appareil. Loïc coupa à l'attente fastidieuse devant les tapis de bagages. Il fila directement vers la sortie, où une foule attentive zieutait tous ceux qui émergeaient de la porte coulissante. Rapidement, il fit le tour de toutes ces têtes inconnues, repéra deux types qui brandissaient des pancartes et reconnut son nom sur l'une d'elles.

Il avança vers l'homme. Une trentaine d'années, un visage ouvert, sympathique.

– *Goodendark*... Je suis celui que vous devez acueillir.

– Ah ! Capitaine Le Goënec ? répondit le jeune homme en lui tendant la main.

– Mais vous parlez français ?

– Je me débrouille. Lieutenant Hess.

Il jeta un coup d'œil sur le sac du Celte.

– C'est tout ce que vous avez comme bagage ?

– Je n'ai pas l'intention de moisir ici.

Ils se dirigeaient vers la sortie.

– Connaissez-vous Vienne ?

– Pas du tout.

– Eh bien, vous aurez envie d'y rester un peu

plus que vous ne croyez, répondit Hess en souriant.

– Connaissez-vous Paris ?

– Hélas, non !

– Eh bien, vous n'aurez plus envie de quitter cette ville quand vous y viendrez.

Le lieutenant éclata de rire.

– Bien joué ! On peut dire un point partout.

– On peut le dire.

Ils étaient sortis du hall de l'aéroport. Hess se dirigea vers une Volkswagen noire, dont il ouvrit la portière.

Le commissaire Werner Minkowski était un gros homme bougon. En général, les gros sont plutôt réputés débonnaires. Lui, c'était le contraire. Comme s'il en voulait à ses kilos superflus. Loïc en lui serrant la main, pensa tout de suite au flic vicieux et menteur, incarné par Orson Welles dans « La soif du mal ». Instinctivement, on avait envie de s'en méfier.

Minskowski l'avait reçu dans un bureau crasseux, dans un quartier à la périphérie de Vienne. Il ne s'était même pas levé pour l'accueillir, se contentant de lui tendre une main molle, aux doigts boudinés, par-dessus l'amas de papiers et de dossiers qui encombraient son bureau.

Loïc n'avait eu que le temps de poser son sac

dans un coin de la pièce et de regrimper dans la Mercedes pour se rendre à la morgue.

Devant le corps d'un blanc laiteux de la mère Marie-Agnès, avec cette plaie béante au flanc, tel le Christ, il se sentait observé par l'œil à demi fermé de Minkowski. Apparemment, il ne goûtait guère l'intrusion du policier français dans son enquête.

Loïc se détourna du cadavre. L'employé rabattit le drap sur le visage diaphane empreint d'une curieuse expression de béatitude, et roula le chariot dans son tiroir.

– Alors ? demanda le commissaire viennois.

– Elle est morte en sainte. Cette femme a fait don de son calvaire au Christ.

– Oui, d'accord, maugréa Minkowski. Ça vous éclaire pour votre enquête ?

– Les empreintes ont été relevées, je suppose.

Le Viennois haussa les épaules.

– Décidément, vous vous prenez tous pour des Maigret, en France ?

À quoi bon répondre ? Loïc se contenta de tourner les talons. Décidément, le courant ne passait pas entre eux.

Dans quelle galère, Le Baron l'avait-il envoyé ?

CHAPITRE III

L'opinion publique avait été choquée et bouleversée par le drame qu'avaient vécu les nonnes du couvent du Saint Sacrement et par le calvaire subi par leur Mère Supérieure.

Les journaux suivaient l'affaire et les tâtonnements de l'enquête au jour le jour. Ravalant leur honte, pas une sœur ne s'était dérobée au récit du déroulement des faits. Mais pas une seule n'avait donné d'interviews à la presse, à la radio ou à la télévision. Les journalistes ne tenaient leurs informations que des services de police, dont ils faisaient le siège nuit et jour.

Aussi l'arrivée du policier français n'était pas passée inaperçue. Le commissaire Minkowski avait été obligé de faire une déclaration pour expliquer la présence du capitaine Le Goënec.

Ernst Weinberg jeta le quotidien loin de lui et s'allongea sur le canapé de cuir fauve. Cette conne de Supérieure était donc française... Elle n'avait qu'à rester dans son pays pourri ! Et ce petit flic qui se prenait sans doute pour un génie, un flic de roman, comme – comment s'appelait-il déjà ? – Hercule Poireau ? Non, lui il est Belge. Ah ! Maigret… Donc, ce Maigret en herbe devait croire qu'il allait être plus fort que la police autrichienne. Faut dire que celle-ci, parfois, était loin d'être à la hauteur. Ils le faisaient doucement rigoler, les flics viennois.

Ernst se redressa et sortit de sa poche un petit sachet. Il reprit le journal, l'étala sur la table de verre et saupoudra la feuille de chou d'une pincée de coke, qu'il aligna méticuleusement, à l'aide d'un petit carton. Puis, il se pencha et aspira goulûment.

Il se releva avec un « ah » de satisfaction. À ce moment, une clé tourna dans la porte d'entrée de l'appartement. D'un revers de main, Ernst essuya ses narines rapidement. Quand son père entra dans le salon, il était clean, sagement assis, le quotidien devant les yeux.

Otto Weinberg jeta un coup d'œil critique à son fils en se débarrassant de son long manteau en poils de chameau et du feutre mou qu'il portait dès les premiers jours de l'hiver. Son long corps sec, son visage anguleux traversé d'un long nez reflétait son caractère rigide, sévère. Aucune place pour la fantaisie chez cet homme. Tout pour le règlement, la discipline.

Il poussa la porte vitrée, entra dans le salon et jeta sa serviette de cuir sur un fauteuil.

– Qu'as-tu fait aujourd'hui ? interrogea-t-il, connaissant, hélas, déjà la réponse.

Il alla vers un des éléments de la bibliothèque, ouvrit un des rangements et y prit une bouteille de vodka et un verre qu'il remplit.

– Rien, marmonna Ernst, sans lever les yeux du journal qu'il était censé lire.

– Évidemment ! grogna son père en s'écroulant dans un fauteuil.

Il avala une large gorgée d'alcool.

– Eh bien, moi, fit-il en regardant son verre, j'ai mis sous les verrous un petit délinquant de ton espèce.

Pour le coup, son fils lui lança un regard ironique.

– Ça t'amuserait, hein, de me foutre en taule ?

– Ça me soulagerait, lâcha Otto en achevant son verre cul sec. Tu peux pas te décider à faire quelque chose ?

– Quoi, par exemple ? Juge, comme papa ? Taper sur la tête de pauvres types sous prétexte d'ordre et de morale…

– Tu vis en société, Ernst. Et la société pour bien fonctionner a besoin d'ordre et de morale, que tu cautionnes ou non ce principe.

– Je cautionne pas, articula Ernst en se levant.

– Bon Dieu ! Et combien de temps je vais

devoir te nourrir à ne rien foutre ?

– Tu ne me nourris pas. Je me débrouille tout seul.

Otto se tassa dans le fauteuil.

– Je voudrais bien savoir comment, murmura-t-il, tandis que son fils sortait de la pièce.

Weinberg ferma les yeux. Bon Dieu, qu'il en avait marre ! Et la mère s'en foutait. Elle s'était fait la malle voici cinq ans avec un gigolo, lui laissant le rejeton sur les bras. Lui qui ne vivait que dans la légalité, la droiture, surtout ne pas sortir du rang, devait supporter un grand dadais paresseux qui avait fait le vœu d'être le contraire de ce qu'il aurait souhaité. Bon Dieu ! Mais pourquoi fait-on des enfants ?

Ernst, se foutant comme d'une guigne de ce que pouvait penser son père, longea le long couloir et fit claquer la porte de sa chambre. Il lui restait une heure à tuer avant de retrouver Nina, puis toute la bande.

Il était en plein trip et avait besoin de cogner quelqu'un. C'est pour cela qu'il avait fui le salon. Mais un jour, ça arriverait : il lui démolirait le menton à son paternel. Il était trop chiant !

Toute sa vie, Ernst avait supporté les interdits, les règles. Fais pas ci, fais pas ça, fais ceci ou cela ! Et merde ! Quand la mère était là, elle temporisait. Mais depuis qu'elle l'avait lâchement abandonné aux mains de ce tortionnaire il ne se contrôlait plus. Celle-là, s'il la retrouvait un jour, mère ou pas mère, il lui ferait la peau. C'est tout ce qu'elle méritait.

Il plaça un CD dans le lecteur et mit la musique à donf, histoire d'énerver le juge. Du hard-rock bien tapant, qu'il en ait plein les oreilles.

Son portable sonna.

– Ouais, grogna-t-il.

– Salut, c'est Nina. J'ai pu me libérer. Tu peux venir avant ? J'ai envie d'une petite gâterie.

Ernst eut un rire triomphant.

– Tu vas pas être déçue, ma chatte. Je suis en pleine forme.

– Je t'attends, murmura-t-elle d'une voix déjà extasiée.

Son père entendit la porte de l'appartement claquer avant qu'il ait pu dire quoi que ce soit. Mais avait-il encore le droit de dire quelque chose ? Après tout, Ernst avait 25 ans.

Il dégringola les escaliers, omit de dire bonjour à la gardienne et enfourcha la moto noire qui trônait sur le trottoir. En pétaradant bruyamment, l'engin décolla d'un bond en avant et s'élança dans l'avenue.

Quand il arriva dans les locaux abandonnés de l'ancienne tuilerie, Nina fumait un joint, adossée au mur crasseux, une jambe relevée, laissant deviner un mini-slip blanc, sous la jupe ultra courte.

Cette zone abandonnée de la société de consommation, était le QG de la bande qui s'y retrouvait chaque jour.

À la vue de sa nana si bandante, Ernst sentit la sève monter dans son sexe qui durcit instantanément.

Le moteur arrêté, il mit la bécane sur sa canne et approcha de sa meuf en conquérant, balançant ses larges épaules de droite à gauche. Il avança les mains, emprisonna la mince taille et la ploya contre lui.

Les yeux fermés, elle ouvrit la bouche, se laissa envahir par une langue impatiente et fouineuse. La main d'Ernst partit à la conquête de l'intimité chaude et humide de la belle. Elle releva davantage la jambe pour l'aider, se cambrant pour lui offrir son anatomie.

Ses bras s'étaient noués autour du cou de son amant, et elle lui rendait coup de langue pour coup de langue, frottant ses seins pointus contre le thorax d'Ernst.

Elle eut un soupir heureux quand les doigts agiles s'insinuèrent au plus profond d'elle-même.

Mais Ernst ne s'attarda pas à la lutiner. Il défit son jean, exhiba un sexe impressionnant. Nina, prenant appui sur ses épaules, sauta pour s'accrocher à lui, les jambes nouées autour de son bassin.

D'un coup de reins, il l'éperonna.

Depuis deux ans qu'ils se connaissaient, l'attrait physique ne s'était pas démenti. L'imagination enfiévrée de Nina savait trouver des variantes originales pour renouveler le désir.

Agrippée à son corps, elle haletait et y mettait du sien pour aller chercher le plaisir. Leurs corps seuls parlaient. Ils se connaissaient suffisamment pour savoir quand lâcher tout. Et c'est un même cri de jouissance qui retentit entre les vieux murs.

Tout à leur plaisir, ils n'avaient pas entendu les motos de la bande. Les 4 garçons, accompagnés de deux filles, immobilisés à quelques pas, avaient suivi les ébats d'un œil intéressé. Ils saluèrent l'apothéose par une salve d'applaudissements et de sifflets. Tenues de cuir noir pour les unes et les autres, cheveux rasés pour les garçons, mèches échevelées pour les filles. Les bottes martelèrent le sol. Ils avançaient, l'air conquérant, comme si le monde leur appartenait.

Hans brandit une bouteille de vodka. Les filles avaient apporté des bocaux de cornichons russes. Pour se saluer, les paumes claquèrent les unes contre les autres. Ils choisirent un coin au soleil et se laissèrent tomber dans l'herbe folle qui poussait entre les anciens rails.

Nina fut la première à prendre la bouteille de vodka et à la porter à ses lèvres. D'un revers de main, elle s'essuya la bouche, étalant la couleur violette du rouge à lèvres, et passa la bouteille au suivant. Elle posa sa tête sur l'épaule d'Ernst.

– Allez, racontez votre expédition de l'autre nuit.

Une des filles émit un petit rire étranglé de frissons.

– Je parie que c'est l'histoire des nonnes. Celle qui s'étale dans tous les journaux.

– Oh non ! Vous n'avez pas fait ça ? … Ça a dû être bandant.

– Ce que j'aurais voulu y être !

– Allez, racontez…

Elles les harcelaient pour tout savoir, excitées par l'horreur de l'événement. Mais les garçons, fidèles à la promesse faite à leur chef, ne pipèrent mot.

****

Dans la chapelle du couvent, sœur Katerina, qui assurait l'intérim en attendant que l'évêché nomme une autre supérieure, se tenait à quelques pas derrière Le Celte, les mains cachées dans les amples manches de lainage noir. Les nonnes étaient confinées dans leurs cellules, pour éviter les nombreux policiers qui circulaient partout, prenant des empreintes, relevant le moindre indice.

Loïc examinait attentivement le crucifix de bois qui avait été replacé au-dessus de l'autel, après qu'on eut descendu le corps supplicié de la Mère supérieure. Un monceau de fleurs étaient déposées à sa base, en ultime hommage à la Supérieure.

Werner Minkowski, le cigarillo aux lèvres, les bras croisés sur son ventre rebondi, attendait tranquillement que le Français veuille bien se décider à émettre un son.

– Pourquoi ce chiffre ? demanda enfin Le Goënec.

Le commissaire émit un petit rire ironique.

– Vous ignorez la signification du 666 ? s'étonna-t-il.

Le Celte se tourna vers lui et haussa les épaules.

– Première fois que je vois ça.

– En Allemagne, on est presque habitué.

– Une secte ?

Nouveau grognement de Minkowski.

– On pourrait dire ça comme ça. C'est un des emblèmes de certains Néo-nazis.

– Je croyais qu'ils s'étaient approprié les emblèmes celtiques ou ceux des nazis de l'époque.

– Ça dépend des groupes.

– Nous avons donc affaire à un groupe de néo-nazis ?

– Très probablement.

– Pourquoi des bonnes sœurs ? Ils ont plutôt

l'habitude de s'en prendre aux Juifs, aux Noirs, aux homosexuels.

– À tout ce qui représente l'ordre, une certaine valeur morale, ou une certaine organisation de la société.

Loïc opina doucement.

– Je comprends mieux. Eh bien, nous allons chercher de ce côté-là.

– Maigret… Vous croyez qu'on vous a attendu ?

Loïc le toisa. Pourquoi se retenait-il de lui foutre son poing dans la gueule ?

Au commissariat, ils avaient fait du bon boulot. Rapide, précis. D'après les descriptions, souvent imprécises des nonnes, tant elles avaient eu peur, ils avaient sorti du fichier un certain nombre de photos d'individus fichés, déjà arrêtés pour activités néo-nazies.

Depuis ce matin, ça défilait dans les bureaux. Tous les inspecteurs disponibles en avaient un en face de lui et le bombardaient de questions. Du couloir, à travers les portes vitrées, Le Goënec déambulait et observait tout. Il finit par entrer dans le bureau de l'inspecteur Herman. En face de lui, le petit Thomas, qui s'était fait piéger en sortant de chez lui. Il se dandinait sur le bout de sa chaise, les yeux sur ses pieds, avec, de temps à autre, un coup d'œil à l'inspecteur.

– Je reprends ma question. Où étais-tu vendredi 24 dans la nuit ?

Thomas leva les yeux au ciel, fit la moue.

– Comment voulez-vous que je le sache ? Chez moi, sans doute.

– Des témoins ?

– Ben non. Mon père travaille de nuit et ma mère, j'sais même pas où elle crèche.

– Tu connais Wizburg ?

Loïc, attentif, le vit réprimer un léger frisson.

– Jamais entendu ce nom-là.

Le Celte s'approcha, se pencha au-dessus du garçon et lui souffla dans le nez :

– Tu mens !

Minkowski traduit aussitôt.

Thomas eut un instant de panique. Il se trémoussa sur sa chaise, ses doigts se nouèrent nerveusement.

– Ben non ! Pourquoi j'mentirais ?

– Parce que tu as peur qu'on devine ce que tu as fait le vendredi 24 à Wizburg.

Loïc s'exprimait dans un mauvais allemand qui le desservait. L'inspecteur reprit sa réponse. Les regards se croisèrent entre Thomas et Le Celte. Un regard soudain brouillé d'appréhension.

Loïc se redressa. Il tourna les yeux vers Herman.

– S'il n'a pas participé, il sait quelque chose. Relâchez-le, avec un fil à la patte. Il va sûrement nous conduire vers ce que nous cherchons.

– Ce serait trop beau, marmonna l'inspecteur, sceptique.

Il pleuvait. La bande s'était retranchée dans les locaux de l'ancienne tuilerie. Dans les bureaux désertés, il restait quelques tables, quelques chaises bancales. Les filles s'étaient installées sur les genoux des garçons.

Thomas s'était assis sur une table poussiéreuse.

– J'ai vu tout de suite qu'ils me filaient le train, pérorait-il. Je suis pas tombé de la dernière pluie. Quand j'ai vu qu'ils me foutaient dehors, j'ai compris qu'ils voulaient que je les mène par le bout du nez.

Il eut un rire heureux.

– Et c'est ce que j'ai fait. Pas difficile à lâcher, le gars. Il doit être encore en train de tourner dans le quartier de la Hofburg.

Il était manifestement plus à l'aise ici, parmi ses potes, que dans le bureau des flics. Ernst l'écoutait, soucieux. Pour cette fois, le gamin s'en était tiré. Mais ensuite ? Pour qu'il soit fiché, cela voulait dire qu'il s'était déjà fait piégé une fois.

– T'aurais dû dire que t'avais déjà eu affaire aux flics, lança-t-il, mécontent.

– Arrête ! C'était une rafle au cours d'une manif. J'pensais pas qu'ils gardaient ça dans leurs fichiers, les enfoirés !

– Ils gardent tout. Car tout peut servir, un jour ou l'autre. La preuve.

– Enfin, tu crois pas…

– Pendant quelque temps, on veut plus te voir, ok ?

– Mais…

– C'est pour la survie du groupe et du mouvement. Tu comprends ?

Thomas baissa la tête.

– Ouais, d'accord, marmonna-t-il de mauvaise grâce.

– Qui t'a interrogé ?

– Un inspecteur jeune, la trentaine… et un Français. Je sais pas ce qu'il foutait là.

– Tu lis pas les journaux ? Son arrivée était annoncée dans tous les canards. La Supérieure était française. C'est pour ça.

Ernst réfléchissait. C'est de ce côté-là que viendrait la menace. Il le sentait mal, ce flic. Jamais l'étau ne s'était autant resserré sur eux.

Il se leva, passa son bras autour des épaules de Nina.

– Allez, pour aujourd'hui, on s'arrache. Sages, pour quelque temps. C'est moi qui vous recontacte.

Il entraîna sa petite amie dehors.

– Je te comprends pas, dit Nina en mettant son casque. Les flics te font peur maintenant ?

Ernst enfourcha sa moto.

– Peur ? Non, c'est pas le mot. Prudence serait plus juste. Si on prenait des vacances ? ajouta-t-il en l'embrassant avant d'emprisonner sa tête dans le casque noir.

CHAPITRE IV

Dans son petit deux pièces en haut de la rue de Ménilmontant, Marcel enfila son T-shirt, ébouriffa sa tignasse d'une main énergique, jeta un dernier coup d'œil à l'image que lui renvoyait le miroir et sortit de la salle de bains en éteignant la lumière et en fermant soigneusement la porte.

Il traversa le salon. Sa mère, le châle sur les épaules voûtées, faisait une réussite, comme à son habitude.

– Tu vas où, encore ? jeta-t-elle d'une voix rendue rocailleuse par les milliers de cigarettes qui étaient passées entre ses lèvres fripées depuis des lustres.

– À la manif, tu le sais bien, répondit Marcel.

À 40 ans, il fallait encore qu'il lui rende des comptes. Aussi, s'il s'était marié, il n'en serait par là. Bof ! Ce serait du pareil au même. Ce serait plus sa mère, mais bobonne. Les femmes, c'était fait pour emmerder les bonshommes.

– Ne m'attends pas pour la soupe, lança-t-il

avant de claquer la porte.

Le départ de cette manifestation, qui promettait d'être grandiose, avait lieu à la Nation, à 14 heures. Ça allait. Il serait à l'heure. C'est qu'il avait rendez-vous avec les copains et qu'ils se promettaient, une belle fête. Il descendit dans le métro.

Un quart d'heure plus tard, il en émergea et se dirigea vers le Monoprix, sur la place, lieu de rendez-vous avec les copains. La place était déjà noire de monde. Les banderoles commençaient à se déplier.

Paul, Gérard, Jacques, ils étaient là et le pressaient d'approcher avec de grands gestes.

– Ben, qu'est-ce tu foutais ?

– Eh ! Du calme, les gars. J'suis pas en r'tard.

– Allez, prends ce bout de banderole, fit Gérard le plus costaud, le plus vindicatif des quatre. Y a Durieux qui nous a proposé d'être en tête du cortège.

– J'aime pas trop ça. Ça va castagner avec les CRS. Et, au premier rang, on prend tous les coups.

– Froussard ! lâcha Paul d'un ton dédaigneux, en le toisant de son mètre 80. Donne ça !

Il s'empara de la banderole d'un geste brutal et la brandit au-dessus de sa tête.

– Attends, se rebiffa Marcel… J'ai pas dit…

– T'en as assez dit.

Marcel regarda les copains tour à tour. Il sentait les hésitations de certains.

– Et puis, en première ligne, on peut pas trop s'amuser… si vous voyez ce que je veux dire, ajouta-t-il en serrant les poings devant sa poitrine, dans un geste significatif.

– T'as raison. On est là pour rigoler, non ? fit Hervé.

Gérard haussa les épaules.

– Vous n'avez aucune conscience politique. Faites donc ce que vous voulez. Allez, les gars, en route. Le cortège démarre.

Marcel et Jacques les regardèrent s'éloigner.

– Conscience politique, mon cul, ouais, grogna Marcel. Ils sont complètement louffes.

– C'est depuis qu'il y a ce Magnan à la cellule.

– T'as raison. Avant, c'était vachement bien les manifs… Mais si ça devient du sérieux…

– T'en fais pas ! Celle-ci, elle va être super.

Ils rigolèrent et s'insinuèrent dans la masse des militants qui doucement s'écoulaient vers le boulevard Voltaire.

Quai des Orfèvres, dans le premier arrondissement, en plein centre de Paris, de l'autre côté du Palais de Justice, le commissaire Jean Tavernier, debout devant la fenêtre de son bureau, un regard distrait sur la Seine, en contrebas, tirait goulûment sur une de ses sempiternelles gauloises.

L'interdiction récente de fumer dans les entreprises, lieux publics, et *tutti quanti* il s'en foutait. Ici, il se considérait chez lui et il aurait toujours le droit de fumer. Aucun des membres de son équipe n'y trouverait à redire.

Derrière lui, la porte s'ouvrit. Loïc Le Goënec entra. Il était rentré de Vienne voici une semaine et attendait des nouvelles de l'enquête, quitte à retourner sur place si besoin était.

– Avec la manif, il y a des cars de CRS partout, jeta-t-il en fermant la porte.

– Putains de flics, plaisanta le commissaire en lui faisant face.

– On est à l'épicentre de la manif. Le point de rassemblement est tout de même le palais de justice.

– Justice… injustice… C'est plutôt contre cette dernière qu'ils s'élèvent.

– Comme si le procès d'un terroriste était une injustice.

Tavernier fit deux pas vers sa table et écrasa son mégot dans le cendrier coquille Saint-Jacques. Quelques fois, il se disait : « depuis que ce coquillage fait office de cendrier, ils auraient pu m'en offrir un vrai ».

– Tu sais, fils, avec les extrémistes, qu'ils soient de gauche ou de droite, il y a toujours une cause pour se foutre en rogne.

– Ouais, y a toujours problème avec eux.

– Un problème qui ne nous concerne pas aujourd'hui.

La porte s'ouvrit à nouveau. Michel Tarou, la pipe au bec, entra.

– Quel bordel, le quartier cet après-midi.

– Pas d'enquête urgente… la surveillance de la manif on laisse ça aux collègues. Pour aujourd'hui, on lève le camp, décida le commissaire en allant prendre son manteau à la patère.

– C'est les vacances, chouette ! s'écria Tarou.

Déjà, il faisait demi-tour en lançant un joyeux : « à demain ! ».

Ce matin, à cause du vent du nord qui soufflait en rafales glaciales, Tavernier avait pris un chapeau. Un petit feutre mou, noir, dont il se coiffa. Loïc le lorgna l'œil pétillant de malice.

– Avec votre manteau et ce chapeau, vous avez tout de Maigret, remarqua-t-il.

– À un détail près, rétorqua le commissaire. Moi je ne fume pas la pipe.

Il sortit son paquet de cigarettes et s'en colla une entre les lèvres.

– À demain, fils.

Maigret… Une remarque qui ramena Le Celte vers cet enfoiré de Minkowski.

Il prit le téléphone, composa le numéro à Vienne.

– Bonjour… Vous parlez français ?… Bien…

Commissaire Minkowski, s'il vous plaît.

Quelques minutes, puis la voix grave du bougon autrichien.

– Ah… C'est vous, maugréa-t-il quand Loïc se fut présenté… Ça suit son cours, mon vieux. On est maintenant persuadés qu'il s'agit des milieux néo-nazis… Oui… une bande de jeunes allumés qui se réclament de Satan… oui, pratiquement toute la bande. Mais on n'a pas le chef. Introuvable… Bien entendu que je vous fais signe.

Loïc raccrocha, déçu. Monsieur de Bonneuil devrait faire preuve de patience avant qu'on mette la main sur l'assassin de sa sœur.

Il sortit du bureau, dégringola les escaliers tout en sélectionnant un numéro de téléphone sur le répertoire de son mobile.

– Flo… Ça va ? Tu te souviens que ce soir on a rendez-vous… C'est repos aujourd'hui pour moi. Je vais te préparer un repas aux petits oignons… Quoi ? Comment, tu n'aimes pas les oignons ? Bécasse adorée… Sois là de bonne heure… qu'on en profite, conclut-il d'une voix langoureuse, déjà chargée de désir.

Tarou en sortant des bureaux de la PJ, tourna à droite dans le boulevard du Palais. Les cars, bourrés de CRS en attente, stationnaient tout le long du boulevard, entravant la circulation. Il voulait prendre son métro à Cité, près du marché aux fleurs, mais il ne se faisait guère d'illusion. En cas de manif, les stations étaient fermées. Il s'y dirigea tout de même et se cassa le nez sur les grilles.

Son mobile sonna à ce moment-là.

– Michel Tarou… Ah ! Valérie.

– J'ai un mal fou à atteindre les bureaux, expliqua la petite stagiaire. Toutes les stations de métro sont bouclées pour cause de manif. Je suis en plein dedans, rue Saint-Antoine. Je peux te dire qu'il y a du monde et que c'est chaud. Ils vont avoir du boulot, les CRS. Dis au patron que je serai en retard.

– Tu peux rentrer chez toi. Il nous a mis en vacances.

– Super, s'écria-t-elle. Je fonce à la salle de sport.

Tous ses moments de liberté se passaient entre karaté et kung-fu. Valérie avait une obsession : être l'égale des super-flics de la BRI qui l'entouraient.

Tarou continua vers la Seine, prit le quai aux fleurs à droite en direction de l'île Saint-Louis. Ici, avec ces splendides immeubles, hôtels privés des grands seigneurs du XVIIIe, tout était calme. Alors que, de l'autre côté du fleuve, un cortège d'excités martelaient le pavé, scandant des slogans.

La Laguna de Tavernier se faufila dans le

garage de son pavillon de Meudon. Il claqua la portière et monta rapidement.

– Edwige ? C'est moi.

Son épouse émergea de la cuisine, un tablier autour du ventre, les mains, blanches de farine, à hauteur du visage.

– Comment ça, c'est toi ? Tu es malade ?

– Oh ! Tout de suite... mais non. Pas d'affaire urgente, le quartier sens dessus dessous avec la manifestation. On a pris une journée de vacances. Tu es contente ? Toi qui te plains toujours que je ne suis jamais là.

Son épouse approcha, déposa un baiser sur la joue de son mari.

– Évidemment que je suis contente. Mais tu me surprends en plein travail.

– Qu'est-ce que tu prépares ? demanda-t-il d'un ton gourmand en la poussant vers la cuisine.

– Un gâteau au citron.

– Celui que j'adore ?

– Eh oui... Tu as oublié ?

Tavernier fronça les sourcils. Edwige avait le génie des anniversaires en tous genres. Grands dieux... Que pouvait-on fêter aujourd'hui ? Il fit mine de chercher.

– Il y a aujourd'hui 30 ans qu'on s'est rencontrés.

– Que je t'ai draguée comme un vieux vicieux...

– Comme un jeune inexpérimenté.

– Oh ! Tu te souviens ? fit-il en l'enlaçant.

– Oh oui ! répondit-elle en riant. C'était minable.

– Je me suis rattrapé depuis ? interrogea-t-il, inquiet.

– Tu es parfait… Mais laisse-moi terminer.

Il déposa un baiser aux coins des lèvres de sa femme et gagna le salon. Tiens ! Puisqu'il avait le temps, il allait jardiner. Même en janvier, il y avait toujours quelque chose à faire.

Le chat vint se frotter contre ses jambes en ronronnant. Il se pencha pour une caresse rapide et retira ses chaussures pour enfiler les bottes qui étaient au garage.

La Kawasaki rouge pétarada dans le hall du 163, avenue du Maine, dans le quatorzième. Loïc coupa le moteur et avec les pieds poussa la moto jusqu'à la petite porte qui donnait dans la cour, où, par dérogation spéciale de la gardienne, madame Marthe, il avait le droit de garer son engin.

Derrière la porte vitrée de la loge, il y en avait une qui avait reconnu l'arrivée du capitaine. C'était la petite chienne Reine, un griffon mâtiné fauve de Bretagne, que Loïc lui avait offert au décès de son mari. Comme si un chien pouvait vous consoler de la perte du compagnon de toute une vie. Bien sûr, il n'avait pas fait ce rapprochement, à l'époque. Il n'avait pensé qu'à lui apporter un peu de joie dans tout ce malheur.

Les aboiements de Reine se firent plus bruyants quand madame Marthe ouvrit la porte.

– Hou là là ! Mais vous êtes chargé ce soir, s'écria-t-elle en lorgnant les sacs plastique qui pendaient au bout des bras de son inspecteur préféré. Et puis, vous rentrez bien tôt. Les truands seraient-ils en grève ?

– Non, ce sont les flics, madame Marthe qui, aujourd'hui, font grève.

– J'ai pas cette impression quand je vois ce qui se passe autour du Palais de Justice. C'est votre quartier, ça ?

– Oui... C'est pour ça que le patron nous a donné congé.

Elle lorgna les paquets d'un œil soupçonneux.

– Vous en profitez pour remplir le réfrigérateur ? Je vous vois jamais faire les courses d'habitude.

Loïc se pencha vers son oreille.

– Ne le dites à personne : je vais faire la cuisine.

Pour le coup, la gardienne éclata de rire, ce qui faisait ballotter ses rondeurs, au demeurant fort sympathiques.

– Vous ne savez même pas faire cuire un œuf au plat.

– Là, vous exagérez !

– Et vous allez faire quoi ?

– Je vais me lancer dans un rôti de porc caramélisé.

La vielle dame plissa les yeux derrière ses fines lunettes qu'elle remonta sur le nez.

– Encore de la cuisine exotique, remarqua-t-elle, d'un ton dédaigneux. C'est pour mademoiselle Florence ? Eh bien, on va assurer, ajouta-t-elle avec autorité. Ce soir, je me prépare un bœuf aux carottes. Je vous en monterai.

– Mais non, madame Marthe, protesta Loïc. Pas la peine. Je vais m'en sortir.

Pour toute réponse, elle rentra dans sa loge et lança, avant de refermer la porte :

– A ce soir.

Loïc fit demi-tour vers l'escalier pour grimper jusqu'à son sixième. Il sourit en pensant à la gardienne. Elle le couvait comme un fils. Mais parfois, cette sollicitude était un peu pesante. Tiens ! Elle avait oublié de lui parler d'une de ces séries télé qu'elle suivait passionnément, n'omettant jamais de citer les policiers extraordinaires qui résolvaient toutes les énigmes.

Rue du faubourg Saint-Antoine, la manifestation déambulait dans le chahut habituel. Les organisateurs surveillaient les dérèglements possibles, encadrés par les policiers, tout aussi vigilants.

Marcel et Jacques s'étaient noyés dans la masse et, comme les autres, hurlaient les slogans du jour: « la France aux Français »… « Immigration zéro »… «Blanc, c'est blanc »…

Ce dernier surtout les faisait beaucoup rire. Avec les autres, ils chantaient à tue-tête, la chanson de Halliday en remplaçant « noir » par « blanc ».

À la Bastille, le cortège marqua le pas. C'était un point de ralliement pour ceux qui s'étaient réunis à la République. La place était couronnée de cars de police. Les CRS casqués, boucliers et matraques en mains, attendaient, impassibles.

– Regarde-les, souffla Jacques. Ils en peuvent plus d'attendre de nous foutre sur la gueule, ceux-là.

– Laisse tomber. T'as pas soif, toi ? demanda Marcel. Moi, j'm'en jetterais bien un petit derrière la cravate.

– C'est pas de refus. On va piétiner un bon moment ici. Et de toute façon, on les rejoindra toujours.

Ils s'éloignèrent de la manifestation en direction des bistrots qui faisaient l'angle de la place et de la rue de la Roquette. En passant devant la masse de béton de l'opéra Bastille, Marcel rouspéta.

– Si c'est pas malheureux… Ils avaient dit que ce serait pour démocratiser l'opéra. Pour que les travailleurs puissent s'offrir, eux aussi, une place. Et tu sais combien ça vaut une place dans ce grand machin ?

– T'aime l'opéra, toi ?

– Je sais pas… peut-être. Faut essayer. Mais au prix où sont les places, c'est pas demain la veille que je poserai mon cul sur un de ces fauteuils.

– Y en a toujours que pour les bourgeois.

Ils entrèrent dans le premier bistrot venu. Un petit troquet dans lequel s'étaient réfugiés les passants. Ils se poussèrent jusqu'au bar.

– Deux petits blancs, commanda Jacques.

L'œil de Marcel faisait le tour de la salle. Il repéra un Maghrébin qui buvait tranquillement son café, installé à une petite table ronde, près de la vitre.

– Y en a que pour les bourges, mais pour ceux-là aussi. Tu sais combien y touchent d'aide ?

Le regard de Jacques, haineux, se posa à son tour sur l'Arabe.

– C'est honteux. Pendant que nous, on crève.

L'homme releva la tête, se heurta aux deux regards agressifs. Il avait l'habitude, hélas. Il savait que, dans ces cas, mieux valait prendre la tangente. Il sortit quelques pièces de sa poche, les posa sur la table et se leva.

Les deux copains échangèrent un clin d'œil. Le voilà le moment de s'amuser qu'ils attendaient. Ils avalèrent leurs verres cul sec, payèrent et sortirent vite fait, pour filer le train au Maghrébin.

Il se dirigeait vers le canal et le port de l'Arsenal. Marcel et Jacques suivaient. L'homme se retourna, les vit, pressa le pas. Ils longeaient le port.

De l'autre côté du boulevard Bourdon, 4 garçons, crânes rasés, bandeaux sur le front, blouson de cuir noir ou combinaison de motard se dirigeaient vers les manifestations. Leur attitude agressive ne laissait pas de place au doute : ils étaient là pour en découdre, pour se bagarrer.

Soudain, celui qui marchait en tête s'arrêta. Il venait de repérer le Maghrébin et ses poursuivants. Il eut un sourire mauvais. Voilà l'aubaine pour débuter la fête.

Il fit signe à ses acolytes et tous traversèrent. La circulation étant coupée, c'était facile.

Cinquante mètres devant, Marcel et Jacques avaient emboîté le pas à leur future victime, qui descendait vers le port où étaient amarrés les bateaux de plaisance, habitations flottantes pour la plupart.

– Ne me dis pas qu'il crèche dans un de ces palaces ? éructa Marcel, déjà vert de jalousie et d'injustice.

– Magne-toi. Il va nous échapper. Ce serait foutant, tout de même.

Ils passèrent à la vitesse supérieure. Bientôt, le Maghrébin ne fut plus qu'à deux pas devant eux.

– Eh ! Toi ! interpella Marcel. Où tu vas comme ça ?

L'homme ne se retourna même pas. Derrière eux, les deux copains n'avaient pas fait attention à la petite bande de skins qui venaient de débouler. Jacques fondit sur le Maghrébin. Il l'agrippa par le col de sa veste.

– Réponds, quand on te parle.

– Je n'ai rien à vous dire, répliqua l'autre, en se débattant.

Mais Marcel était venu à la rescousse. Pris entre les deux poignes, le Maghrébin ne pouvait pas grand chose. Jacques cogna le premier, en martelant :

– Qu'est-ce tu fous en France ? Retourne dans ton pays.

Marcel, qui voulait avoir sa part de bastogne, frappa à son tour. Derrière, la petite bande s'était immobilisée, regardant la scène.

Pas longtemps. Sur un geste de leur chef, ils avancèrent. Les deux copains tournèrent la tête vers ces intrus.

– Oh ! merde ! fit Marcel. Ça va chauffer. On s'tire.

Ils lâchèrent le Maghrébin et au pas de course, remontèrent sur le boulevard.

L'homme fit face à la bande, bien décidé à se défendre jusqu'à la limite de ses forces.

****

Loïc, assez fier de lui, les reins ceints d'un grand torchon en guise de tablier, s'essuya les mains et regarda sa table, satisfait.

L'entrée était agréablement présentée, la nappe blanche, les bougies rouges, les fleurs… Ok, tout y était.

Par contre, le plat principal… Il avait quelque crainte.

Il repassa dans la petite cuisine et souleva le couvercle. Beuh… Ça avait une drôle de touche. La viande partait en lambeaux, la sauce était trop claire, sans saveur et les légumes trop cuits. Décidément, il ne serait pas le fin cuisinier qu'il espérait.

La sonnette tinta. Florence ! Il ôta son semblant de tablier, lissa ses cheveux bruns en désordre et alla ouvrir.

Elle était là, devant lui, la femme de sa vie. Une grande brune, les cheveux flottants sur les épaules, les yeux verts rieurs.

– Tu as pu te libérer plus tôt ? C'est bien, apprécia-t-il en la serrant contre lui. Nous voilà avec une grande soirée devant nous. C'est si rare.

– Entre tes enquêtes et mes reportages, il faut bien avouer que nous avons du mal à distraire quelques heures de farniente.

Elle lui dédia un regard coquin.

– Aussi, j'ai bien l'intention d'en profiter, ajouta-t-elle en se frottant contre lui et en glissant ses mains sous le sweater blanc.

– Déjà ! s'extasia-t-il en refermant la porte d'un coup de pied.

– J'ai faim, murmura-t-elle en mordant ses lèvres. Une grande faim de toi. Et tu vas voir, je vais te dévorer.

Tout en ôtant son manteau, elle le poussait dans la chambre. D'une dernière chiquenaude, elle le fit basculer sur le lit, où il resta les bras en croix, déjà offert.

En ondulant voluptueusement, Flo se débarrassa de son pull, de sa jupe et apparut en petite culotte et soutien-gorge blancs.

Elle s'accroupit aux pieds de son amant et entreprit de le déshabiller. Ses gestes lents et caressants suscitèrent une approbation de Loïc à coups de soupirs et de plaintes animales, appelant la femelle. Mais elle ne se pressait pas. Le pantalon glissa lentement le long des cuisses musclées. Les mains de Flo remontèrent avec la même lenteur sur la peau nue, faisant naître des frissons. Ses doigts agrippèrent le slip, s'insinuèrent sous le tissu, s'approchant du sexe gonflé, mais évitant de le prendre.

La main de Loïc enserra son poignet.

– Viens ici, sorcière.

– Tout doux, mon bon monsieur. C'est moi qui décide.

Il sourit et renonça à imposer sa volonté, s'abandonnant à la volupté de se laisser faire. Et elle savait s'y prendre, la coquine !

Avec délicatesse, et parfois quelque rudesse, ses doigts sa langue, ses lèvres parcoururent tout son corps, le laissant fou de désir.

Quand, enfin, nue, elle se posa doucement sur lui, les cuisses ouvertes, c'est avec la même délectation lascive qu'il se glissa en elle, dans cette intimité si chaude et si douce.

CHAPITRE IV

Loïc se réveilla de bonne humeur. Heureux d'être rentré à Paris, heureux d'avoir à ses côtés l'amour de sa vie depuis déjà pas mal d'années, son adorable et superbe Florence.

Allongé dans le lit, les yeux au plafond, il sourit en repensant à la manière amusante dont ils s'étaient rencontrés. Dans une librairie où tous deux convoitaient le même bouquin, un polar, dont il ne restait qu'un exemplaire.

Il se tourna doucement entre les draps et la tête calée sur son bras replié, il admira Flo dans son sommeil. L'opulente chevelure brune s'étalait sur l'oreiller. Le visage fin souriait presque. Quel rêve dansait une sarabande folle dans cette jolie tête ?

D'un doigt délicat, il caressa le velouté de la joue, la débarrassant d'une mèche folle. Flo s'agita, ouvrit les yeux. Loïc s'était penché au-dessus d'elle et les yeux de la jeune femme s'ouvrirent sur le visage aimé. Elle sourit.

– Bien dormi ? demanda Loïc

– Nous ne dormons pas souvent ensemble. Ça me perturbe.

– Avec ton boulot de reporter, toujours aux quatre coins du monde, tu n'es pas souvent là.

– Tu peux parler ! Qui vient de passer 15 jours en Autriche ?

– Pour le boulot. Sinon, je t'aurais emmenée. Les Alpes, là-bas, sont superbes.

– Pas besoin d'aller si loin. En France aussi !

– Arrête de me contredire !

– Une dispute, dès le matin ? Eh bien, heureusement que nous n'habitons pas ensemble.

Il se laissa tomber sur elle, prit ses bras et les écarta en croix. Il se pencha sur ses lèvres et les aspira goulûment.

– Tu aurais cela tous les jours, murmura-t-il. Alors, ose me dire encore que tu ne regrettes pas de vivre avec moi.

– Le quotidien tue l'amour, décréta Florence.

– Ah ! C'est bien une idée de femme, ça !

– Dis donc, qui repasse les chemises ? Qui range les chaussettes sales qui traînent au milieu de la salle de bains ? Qui…

Il ferma ses lèvres d'un baiser.

– Qui m'aime ?

– Moi, chuchota-t-elle, en nouant ses bras autour de son cou.

Elle ouvrit largement les cuisses, souleva son bassin vers son amant. Tout son corps avait faim de lui. Loïc ne se fit pas prier. Le même appétit l'habitait. Ils faisaient l'amour lentement, avec beaucoup de tendresse, savourant chaque sensation avant l'explosion finale.

Ensuite, c'était la course pour rattraper le temps perdu. Flo se précipitait dans la salle de bains pendant que Loïc faisait le café et les toasts grillés. Elle avalait le tout en quatrième vitesse, un œil sur sa montre en psalmodiant : « je vais me faire engueuler. On avait réunion de rédaction à 9 heures. »

Un dernier baiser, et la belle quittait le deux pièces/cuisine et dévalait les six étages.

Loïc referma la porte. À moi, maintenant, se dit-il.

Une toilette masculine est moins longue et moins compliquée qu'une toilette féminine. Un quart d'heure plus tard, c'était au tour de Loïc de s'élancer dans les escaliers. Comme tous les matins, Madame Marthe, la gardienne de l'immeuble, nettoyait le hall à grand renfort de serpillière et de coups de chiffon sur le miroir de l'entrée. Lui échapper était un leurre. Échapper à Reine, sa petite chienne, encore plus. Dès le deuxième étage, ses coups de gueule réveillaient les locataires encore au fond de leurs lits.

– Bonjour, madame Marthe, claironna Le

Goënec en passant derrière la porte de la cave pour atteindre la cour.

Il poussa la Kawasaki rouge à travers le hall. Appuyée sur son balai, madame Marthe, l'observait derrière ses fines lunettes.

– Elle n'est pas propre. Faudrait la laver, diagnostiqua-t-elle. Et comptez pas sur moi, hein ? J'ai assez de votre deux pièces à nettoyer.

Loïc aimait bien taquiner cette veuve inconsolable, fan de séries policières télévisées.

– Moi qui voulais justement vous le demander.

– C'est quelque chose ! Vous ne doutez de rien, les jeunes. Vous croyez que le monde entier est à votre botte.

La moto aborda le trottoir.

– Jeune, moi ? Madame Marthe... Faudra changer de lunettes. J'ai tout de même 35 ans !

– Eh ben, pour moi, c'est jeune.

Elle l'accompagna jusqu'à la chaussée. Et là, elle se fit complice, avec le petit sourire de celle qui connaît la vie.

– Dites... J'ai aperçu madame Florence, ce matin. Vous en avez de la chance. C'est une bien belle personne.

Loïc enfourcha son engin.

– Dites, si votre dulcinée est là en ce moment, je pourrai vous faire ce soir un gratin dauphinois. Vous m'en diriez des nouvelles.

– Comme tout ce que vous cuisinez, madame

Marthe. Aux fourneaux, vous êtes irremplaçable.

La vielle dame se dandina sur ses rondeurs, arborant une mine confuse de petite fille.

– Faut pas exagérer. Je n'égale pas les grands chefs, hélas !

Loïc avait attaché son casque. Il tourna la clé de contact. Mais la gardienne n'en démordait pas.

– Alors, ce soir, je le fais ce gratin ?

– C'est gentil à vous. Mais ce soir, nous sommes invités.

Le moteur ronfla. Elle dut monter le ton pour se faire entendre.

– Demain, alors ?

– Nous en reparlons.

La moto glissa le long du trottoir et se perdit bientôt dans la circulation de l'avenue du Maine.

Il ne lui fallut guère de temps pour remonter jusqu'à Saint-Michel, traverser la Seine et entrer au 36, quai des Orfèvres.

Michel Tarou, la pipe entre les lèvres, piaffait sur le palier de l'étage.

– T'as vu l'heure ? maugréa-t-il. Le patron s'impatiente. Et quand il s'impatiente…

– Le bureau est enfumé, conclut Le Celte. Qu'est-ce qui se passe ?

– Une affaire qui te concerne.

Ils fonçaient vers le bureau du commissaire Jean Tavernier.

– Le patron va t'expliquer, répondit Tarou.

Il ouvrit la porte et entra le premier.

– Il y a de la brume, ce matin, plaisanta Loïc en pénétrant dans le nuage de fumée qui planait dans le bureau.

Tavernier, enfoncé dans son vieux fauteuil de cuir qui avait vécu avec lui toutes ces années de BRI, tira une dernière bouffée de sa gauloise avant de l'écraser dans la coquille Saint-Jacques qui tenait lieu de cendrier. Personne au bureau n'avait eu l'idée d'acheter, un jour, un vrai cendrier.

– De la brume, grogna le commissaire. J'espère, en tout cas, que dans ton cerveau, c'est ciel dégagé. Parce qu'il y a du boulot.

Loïc était allé directement vers la cafetière électrique. Il se versa un petit noir, y mit un sucre et revint s'asseoir, face au patron.

Entre ces deux-là, malgré la différence d'âge, il y avait plus qu'une amicale complicité, tissée au fil de dix années de travail en équipe. Pour le commissaire, Loïc était le fils qu'il n'avait pas eu, et Loïc voyait en Tavernier le père qui lui manquait tant.

Tavernier poussa un journal devant le capitaine. Le Goënec le prit et lut. Le titre d'abord, qui s'étalait à la une.

« Manifestation : une victime. » L'article relatait la manifestation qui, hier, avait rendu Paris impraticable. Au matin, les pompiers avaient repêché un noyé dans la Seine, enroulé dans la banderole qu'il avait dû trimballer durant toute la manifestation.

– Les commissariats sont submergés de plaintes d'émigrés plus ou moins agressés, mais là, les agresseurs sont allés jusqu'au bout.

Le Goënec releva la tête.

– Meurtre ?

– Meurtre. Le corps est à la morgue. Et je pense qu'il va t'intéresser.

– Mais pourquoi ?

– Direction la morgue. Tu verras bien.

Le Celte se leva en maugréant :

– OK ! On y va, patron.

La porte refermée, il se tourna vers son collègue.

– Tous ces mystères… Qu'est-ce qui lui prend ? Dis-moi, il fume bien que des gauloises ?

Tarou ricana.

– T'es con, parfois, toi !

Le médecin légiste avait ôté le drap blanc qui recouvrait le cadavre. Le corps étendu sur la table en acier présentait une plaie au niveau du cœur.

– Ce qui vous prouve, reprit le légiste, que cet homme n'est pas mort noyé. Il a été assassiné avant d'être jeté à l'eau.

– L'arme du crime ? demanda Le Goënec.

– Un pic à glace.

Loïc fit la grimace. Ça lui rappelait étrangement le crime de la nonnesse en Autriche. Et pourtant, aucun rapport.

– L'heure ?

– Aux environs de 22 heures.

– On connaît son identité ?

– Oui. Il a été jeté à la Seine avec ses papiers.

Le légiste se tourna vers un assistant qui ouvrit un carton.

– Ce sont ses vêtements, expliqua le médecin. Nous allons les rendre à la famille quand elle viendra identifier le corps.

Loïc mit les mains dans le carton. Il en sortit d'abord un portefeuille qu'il ouvrit. Il prit la carte d'identité.

– Mourad Ben Hachid, lut-il.

– Un crime raciste ? émit Tarou.

Le Celte leva les yeux au ciel. Puis, il replongea les mains dans le carton et en sortit une veste, un foulard de laine, un bonnet de laine, un jean, un pull rouge.

Sur le pull rouge des traces, à moitié effacées l'intriguèrent.

– Qu'est-ce que c'est à ton avis ? demanda-t-il à Tarou.

Celui-ci se pencha pour examiner les traces de plus près.

– C'est du crayon feutre que l'eau n'a pas entièrement ôté.

– Il y avait quelque chose d'écrit.

Loïc tenait le pull entre ses mains et tous deux tentaient de déchiffrer les quelques coups de feutre noir qui restaient accrochés aux fibres de laine. Et soudain, Le Goënec sursauta. Il pointa son index sur les traces et les suivit lentement.

– Ce sont les mêmes traces, trois fois, côte à côte.

– On dirait un chiffre, remarqua Tarou.

– Oui. Et je peux te dire que c'est 666. Le chiffre du diable.

– Qu'est-ce que tu racontes ?

– Je t'expliquerai. Mais je comprends mieux les mystères du patron. Il voulait me faire la surprise. En Autriche, les assassins avaient tracé ce chiffre.

– Un mouvement international ? Une secte ?

– Peut-être les deux.

Le Goënec se tourna vers le médecin.

– À quelle heure la famille doit-elle venir ?

– Nous les attendons.

– Eh bien, nous allons attendre avec vous… si vous le voulez bien.

Il remit le pull dans le carton et en tira une large bande de coton qui avait dû être blanc, mais qui maintenant était marbré de la saleté des eaux de la Seine et de la peinture noire de l'inscription qui avait dégueulé, maculant tout le tissu. Il prit Tarou par le bras.

– Renseigne-toi pour savoir à quelle heure le

cortège de la manifestation était sur le pont Alexandre III. C'est sur ce pont qu'ils ont dû passer pour rejoindre la rue de Grenelle.

– Lis les journaux. Ils disent tous que la manif s'est dispersée vers 20 heures. Ce qui veut dire que le cortège est passé sur le pont vers 18 heures.

– Deux heures pour traverser l'esplanade des Invalides et prendre la rue de Varenne ? s'exclama Le Goënec.

– On dirait que tu n'as jamais fait de manif. Ça se balade une manif, ça ne court par le marathon.

L'assistant avait repoussé le cadavre dans son tiroir ; le médecin se lavait les mains. Loïc et Michel sortirent de la pièce.

– Il faut trouver, également, de quel mouvement faisait partie Mourad Ben Hachid. Ça nous donnera les copains, donc des témoins.

– Tu pars du principe que la banderole dans laquelle le cadavre était enroulé a été fabriquée par un mouvement ?

– Évidemment ! Et vu la taille de la banderole, ils devaient être deux pour la porter.

Tarou mit dans sa poche, sa pipe qu'il n'avait pas arrêté de tripoter, une manière d'échapper au malaise éprouvé chaque fois que son métier l'amenait dans ce temple des morts. Il prit son portable et tout en faisant les cent pas dans le couloir glacé, il téléphona à Valérie pour qu'elle s'occupe d'obtenir les renseignements que Le

Celte demandait.

La famille de Mourad arriva une demi-heure plus tard. Une mère, petite, le visage bouleversé, à moitié caché dans son voile, soutenue par le mari très digne, malgré les yeux rougis par les larmes versées depuis hier. Suivaient un frère et une sœur plus jeunes. Le Goënec et Tarou se levèrent pour les accueillir. Le père, en les voyant, stoppa, sur la défensive. Le Celte lui tendit la main.

– Capitaine Le Goënec. Lieutenant Tarou. Toutes nos condoléances. Nous enquêtons sur la mort de votre fils. Nous aurons quelques questions à vous poser.

Le père n'osa rien dire, mais il était clair qu'il n'était pas très à l'aise face à la police. Toute une existence, sans doute, à être inquiété, soupçonné, surveillé ; se dire qu'à chaque coin de rue, on va vous demander vos papiers…

L'arrivée du médecin tira le père de l'embarras. Les deux policiers les laissèrent aller reconnaître le corps. Mais quelques minutes plus tard, les malheureux parents ne purent échapper aux questions.

– Nous ne savons pas, répondit le père. Mourad ne se confiait pas beaucoup. Il faisait sa vie.

– Cette banderole, vous ne savez donc pas de quel mouvement elle provenait ?

Le père secoua la tête. Les trois autres

membres de la famille tenaient la tête obstinément baissée. Loïc n'avait même pas pu capter la couleur des yeux de la fille.

– Dans la cité, il avait bien des copains ? insinua Tarou.

– Oui, répondit le jeune frère. Djamel et Boula.

– Eh bien, voilà… Eux doivent savoir. Tu vas nous dire où je peux les rencontrer.

Dès le lendemain, Le Goënec et Tarou allèrent traîner leurs Nike dans une grande cité à Saint Denis. Les petits gars, pour la plupart cagoulés, qui faisaient le pied de grue à la porte des immeubles, les mains dans les poches, parfois jouant négligemment, du bout du pied, avec un ballon de foot, les flairèrent dès qu'ils descendirent de voiture.

– Mate les regards, marmonna le barbu. On sent le poulet frit à trois kilomètres à la ronde.

– Et c'est une denrée qu'ils n'aiment pas.

Néanmoins, ils avancèrent d'un pas ferme vers le premier groupe. Les quatre jeunes ne bronchèrent pas, statiques, mais dans les starting-blocs quand même !

– Salut, les gars, fit Le Celte. On cherche Djamel et Boula.

Première réaction : nulle. Comme si les loulous étaient frappés de surdité.

– Djamel et Boula… On sait qu'ils crèchent ici.

Ce sont vos copains ? On a besoin qu'ils nous parlent de Mourad.

Le plus grand des quatre garçons fusilla Loïc d'un regard mauvais et cracha à ses pieds. Le Celte ne s'en émut pas.

– Je sais. C'est dur à avaler. C'est justement pour ça qu'on est là. On veut savoir ce qui s'est passé et coffrer ses assassins.

Toujours aussi muets, toujours sur leur garde, un des petits gars, cependant se détacha du groupe. Il leva la tête vers l'immeuble et siffla entre ses lèvres. Aussitôt, une fenêtre s'ouvrit, au quatrième étage.

– Descend ! On veut te causer, hurla-t-il.

La fenêtre se referma. Apparemment, il n'avait pas aperçu les flics. Les quatre garçons, nonchalamment, quittèrent leur support mural pour s'éjecter à quelques pas. Quelques secondes plus tard, la porte de l'immeuble s'ouvrit sur un grand black, qui ouvrit des yeux comme des soucoupes à la vue des deux policiers.

Il ne mit pas trois secondes à réfléchir. Il fit un demi-tour rapide vers les escaliers qu'il venait de quitter. Mais Tarou, qui avait prévu le coup, le rattrapa par la ceinture de son jean, et le tira vers lui.

– Doucement, mon petit gars. Tu as quelque chose à te reprocher ?

– Non, monsieur, répondit vivement le garçon.

Mais dès que vous mettez le nez chez nous, ça sent le roussi et on se sent coupable.

– On veut te parler de Mourad, intervint Loïc.

Le garçon faisait presque ses deux mètres. Le Goënec devait lever la tête pour le regarder dans le blanc des yeux.

– Tu es Boula ?

L'autre acquiesça d'un mouvement de tête.

– Viens, par ici, dit Le Celte en l'entraînant vers un banc.

Le gars s'assit. Face à lui, les deux policiers restèrent debout.

– Nous enquêtons sur sa mort. Tu sais que c'est un assassinat ?

Boula fronça les sourcils et hocha la tête lentement.

– Tu es un ami de Mourad. Tu dois savoir de quelle organisation il faisait partie.

– Forcément, puisque c'est moi qui l'ai inscrit.

– Et tu étais à la manif ?

– Ouais ! On tenait la banderole tous les deux.

Le Goënec fronça les sourcils.

– Ah oui ! Donc vous avez été agressés tous les deux ?

– Oui. Par une bande de skinheads. Mais avec moi, ils n'ont pas insisté.

Tarou hocha la tête.

– Il faut dire que tu impressionnes avec ta taille.

– Et qu'est-ce que tu as fait ?

– J'ai essayé de défendre Mourad, de l'enlever des mains de ces voyous. Mais ils étaient trop nombreux. Alors, je me suis dit que la meilleure solution était d'aller chercher de l'aide.

– Et ça se passait où ?

– Sur le quai. Juste avant d'arriver au pont.

– Mais autour de vous, personne ne vous a aidés ?

Boula haussa les épaules.

– Je ne sais même pas s'ils s'en sont rendu compte. Tout s'est passé très vite. Au moment, où il y avait justement une bousculade.

Boula baissa la tête, ses épaules s'affaissèrent et il cacha son visage entre ses mains en pleurant :

– S'il est mort, c'est de ma faute. Si j'étais resté près de lui…

Le Goënec posa une main sur son épaule.

– Vous seriez peut-être morts tous les deux. Ces gens-là, quand ils sont déchaînés n'ont plus de limite.

– Est-ce que tu peux nous les décrire ?

– Ben pas vraiment. Vous savez, ces gars, ils sont toujours pareils : le crâne rasé, des piercings, des tatouages, habillés en noir…

Boula releva la tête.

– J'ai pu vous aider ?

– Tu nous as donné une piste. C'est beaucoup. Nous allons orienter nos recherches de ce côté. Et s'il te revient un visage précis… (Loïc lui tendit une carte) tu nous appelles. Merci.

Le géant Black se leva péniblement et en traînant les pieds, il rejoignit son immeuble. Les autres garçons, qui étaient restés dans les parages, vinrent se regrouper autour de lui.

CHAPITRE VI

Pour se débarrasser de son fils, papa Weinberg avait doublement payé. Alors, pourquoi se gêner ? Ernst et Nina étaient donc installés dans une banlieue cotée de Paris, dans une jolie villa, dotée d'un jardin.

Son réseau à Vienne lui avait donné un contact en France. Son exceptionnel charisme avait fait le reste. Trois mois avaient suffi pour que se constitue autour de lui, une bande aussi solide et aveuglement dévouée qu'en Autriche.

Quatre gars au crâne rasé, trois filles aux cheveux en bataille, des piercings un peu partout, des tatouages idem. Blousons de cuir, grosses chaînes de moto, bottes, jeans frangés et T-shirts noirs… Ils avaient tous la panoplie du parfait néo-nazi. Certains arboraient des emblèmes nazis de l'époque.

Ernst, assis sur le dossier du canapé de cuir, dominait cette bande de dégénérés. Ils étaient affalés sur la moquette, les coussins disséminés partout dans le salon. Ça buvait sec. De tout : whisky, vodka, vin, gin, champagne. Les rails de coke se succédaient. Ernst savait se montrer généreux pour récompenser un travail bien fait et maintenir le moral de la troupe.

Nina se pelotonnait contre lui, sa main posée sur la braguette, comme pour dire aux autres filles qui seraient tentées : stop ! Pas touche, c'est à moi.

Thème de la soirée : raconter sa manif.

– On en a repéré un premier vers le port de l'Arsenal. Deux beaufs allaient se le faire, mais on a pris les devants, commença Hervé.

– Ouais… mais avec tous ces bateaux… trop de monde dans le coin. Après quelques pains, on a laissé tomber, continua Arthur.

C'était Julien qui s'était le plus éclaté. C'est lui qui avait repéré Mourad, près du pont Alexandre III.

– Ce qu'il avait l'air con avec sa banderole.

– Remarque, le black de l'autre côté du calicot, n'était pas mieux, ajouta Mimi.

Ils s'esclaffèrent tous les deux.

– Alors ? demanda Mauren, tout émoustillée.

– Alors… qu'est-ce que tu veux, la connerie m'a toujours excité. On les a encerclés, coupés du reste de la manif.

– Ben, et les autres ? demanda innocemment Ludo, le plus jeune de la bande.

– Les autres, ils s'en foutent. Ils défendent leur clan, leur revendication et merde pour le voisin.

– Pourtant, ils sont censés être dans la rue pour la même cause.

– *Yes, my dear*... Mais dans le feu de l'action, on reste avec les petits copains et basta.

– On s'en fout ! Raconte, cria Hervé, un grand blond décoloré à l'extrême, le cheveux ras sur le sommet du crâne, mais de longues mèches pendant de chaque côté.

– Le black a bien tenté de s'interposer. Avec sa taille, il se croyait fort et invincible...

Les autres se mirent à rire.

– Mais il a rapidement mis les bouts...

Nouveaux éclats de rire.

– Après, on s'est amusé avec le Beur... On cognait, il tentait d'échapper, mais y en avait toujours un pour le rattraper... et pan ! En pleine poire.

– Hervé, c'est toi qui cognais le plus fort. Déchaîné qu'il était, le Hervé ! Forcément, le Beur, il a fini par s'écrouler.

– Mais ça se passait où ? En pleine rue ? Et les keufs ?

– On n'est pas louffes ! On est descendu sur les berges. Et les keufs étaient occupés ailleurs. Pas un à l'horizon.

Arthur brandit son verre de whisky et parada au milieu du cercle.

– Et on a fignolé. On a voulu faire grande classe.

– C'est moi qui ai eu l'idée de l'enrouler dans son bout de tissu. Comme un voile de marié.

– Un mariage avec la mort.

– Ben oui…Que ça serve à quelque chose, au moins.

En racontant, ils s'excitaient les uns les autres, se coupant la parole, chacun voulant livrer un paragraphe de l'aventure.

– Ce qu'on s'est marré quand on a pris chacun un pan de la banderole, tu te rappelles ? fit Julien en regardant Ludo.

– On l'a balancé à droite, à gauche et puis, d'un coup, sans s'être consultés, hop ! à la flotte.

Julien se tenait les côtes de rire.

– On s'est dit : ça va le réveiller.

– Ça l'a plutôt endormi, s'esclaffa Camilia, une grande brune, sculpturale, genre Rita Hayworth.

Ernst avait écouté sans bouger, un demi-sourire aux lèvres. Et, si les membres de la bande avaient été plus observateurs, ils auraient pu décrypter le mépris dans ce sourire.

Pour stimuler leur agressivité, Ernst les avait baptisés : « les Soldats de Satan » et ces connards étaient fiers de ce surnom. Un ramassis d'imbéciles qui obéissaient au doigt et à l'œil à n'importe quelle lubie de sa part. S'il leur avait demandé de s'entretuer, Ernst ne doutait pas qu'ils l'auraient fait.

Il avala son champagne d'un trait et s'essuya la bouche d'un revers de main. Son bras pressa Nina contre lui. Il songea avec nostalgie à ses copains, restés là-bas, en Autriche, peut-être arrêtés, interrogés par son enfoiré de père, trop content de lui montrer, à distance, de quel côté était la force.

Walter... Karl... Hans... et les autres...Obligé de mettre de la distance. Ça chauffait trop. Et ce petit flic français y était sans doute pour quelque chose.

Cette époque était bien morte. Maintenant, sa vie était à Paris. Et il y sèmerait la terreur, comme à Vienne. N'était-il pas le fléau de Dieu, celui qui nettoie ? Et cette bande d'esclaves, soumis à ses volontés, qu'il gavait d'alcool, de drogue, d'excès en tous genres, ne rechignerait devant aucune action, quelle qu'elle soit.

La sono était montée à fond. Le récit de la bastonnade, puis de la noyade du Beur, avait exacerbé leur libido. Les filles étaient seins nus, les garçons les fesses à l'air. Chacun se dandinait, le verre à la main, en chantant à tue tête. Ils avaient chaud à se démener ainsi et les fenêtres, malgré la fraîcheur de la nuit, étaient grandes ouvertes.

De l'autre côté du jardin, dans la villa voisine, Victor Palmer et son épouse avaient été réveillés et depuis plus d'une demi-heure, ils tournaient et retournaient entre leurs draps sans pouvoir fermer l'œil, les oreilles emplies des basses entêtantes de la techno et des chants des voisins.

Victor Palmer, retraité, ancien conservateur de musée, n'était pas du genre à se laisser emmerder, surtout par une bande de jeunes. Il finit par allumer et s'asseoir dans son lit, les bras croisés.

– Ces jeunes, qu'est-ce que leur ont appris leurs parents ? Aucune éducation, maugréa-t-il, furieux.

– C'est insupportable, renchérit son épouse en bâillant. Et si ça se trouve, il y en a comme ça jusqu'à 4 heures du matin.

– Ah non ! La police est tout de même là aussi pour ça, s'écria le retraité en se levant.

Il bondit sur son téléphone, appela le commissariat le plus proche et expliqua la situation. Puis, il se recoucha triomphant.

– Voilà, ma chérie. Dans un quart d'heure, au plus, la situation va être réglée.

Il éteignit et prit son épouse contre lui en fermant les yeux.

Une demi-heure plus tard, le vacarme avait toujours la même intensité et le couple n'avait toujours pas réussi à refermer l'œil. Mais ils eurent un soupir de soulagement en entendant enfin les voitures s'arrêter dans la rue et les portières claquer. Deux Renault qui stoppèrent derrière les motos arrêtées devant la villa. La musique envahissait la rue.

– Ils ont de la constance, les voisins, jeta l'un d'eux. Si c'est comme ça depuis le début de la soirée…

Les cinq agents de police traversèrent le jardin et entrèrent dans la villa. La fête avait atteint son paroxysme. Éberlués, les cinq flics regardaient des couples faisant l'amour à plusieurs à même la moquette, d'autres se passant un joint, affalés dans les coussins. Ernst et Nina avaient quitté ce lieu de perdition. Ils s'étaient enfermés dans leur chambre.

Le vacarme était tel que pas un des fêtards n'avait entendu l'arrivée des voitures de police. C'est tout juste si Hervé leva un œil embué d'alcool sur le premier uniforme qui fit irruption dans son champ de vision. Mais il était trop occupé à fourrer Mimi et, proche du dénouement, il ne pouvait pas s'arrêter.

– Eh ben… marmonna le brigadier en voyant le désastre.

Il repéra la chaîne hi-fi, enjamba les corps vautrés sur le sol et alla arrêter la musique. Ce brusque silence réveilla la petite bande. Julien se redressa l'œil chargé de haine.

– Qu'est-ce qui leur prend à ces enfoirés, s'écria Camilia en bondissant sur le flic proche d'elle.

Celui-ci l'empoigna par les poignets et la rejeta vers Julien.

– Il nous prend que vous empêchez tout le voisinage de dormir. Tapage nocturne, c'est passible d'une amende.

Un ricanement cueillit cette déclaration. Un des agents se tourna vers Arthur.

– Et si ça ne suffit pas, c'est le poste, ok ?

– On fait rien de mal. On s'amuse, riposta Mauren.

– D'accord, mais en respectant les autres. Vos voisins se plaignent de ne pas pouvoir dormir. Si nous devons revenir, on vous embarque.

Le regard du brigadier fit un dernier tour d'horizon, tentant de graver dans sa mémoire chacun de ces visages. Puis, il fit signe à ses collègues de vider les lieux.

Du premier étage, Ernst avait suivi le dialogue. Bande de nases, marmonna-t-il entre ses dents. Et notre liberté à nous, qu'est-ce que vous en faites ?

Il attendit d'entendre les voitures s'éloigner pour descendre. La petite bande était frustrée, furieuse, désorientée. Ils se tournèrent vers le chef.

– Tu as entendu, fit Julien.

Ernst se campa au milieu des marches, les mains sur les hanches, les dominant.

– Et vous avez envie de vous laisser faire ?

Un concert de protestations lui répondit.

– La fête va être encore plus géniale. Moi, je vous le dis !

Il sauta les trois marches qui lui restaient et brandit le pic à glace dont il s'était muni avant de descendre de la chambre.

– Prêts ?

– Prêts ! répondirent les garçons, d'une même voix déterminée et agressive.

– On y va aussi, fit Camilia.

– Non ! Les filles, c'est pas pour vous.

– Vous allez tourner de l'œil, plaisanta Hervé.

– Tu nous prends pour des mauviettes, s'insurgea Mimi.

– Mauviettes ou pas, vous restez là, décréta Ernst.

– Moi aussi ? demanda Nina.

– Toi, comme les autres, ma belle. On vous racontera. Promis.

À la suite du chef, ils sortirent de la villa pour se diriger vers la villa la plus mitoyenne. Avertir les flics… Ce ne pouvait qu'être une idée de ce croulant aperçu ce matin. Dans son œil, il avait vu que sa tête ne lui revenait pas. Eh ben, mon p'tit père, tant pis pour toi !

Victor venait enfin de s'endormir et son épouse ronflait déjà. Pourtant, son esprit devait être encore aux aguets, car c'est un bruit très léger qui le ramena à la réalité. Sans bouger, il écoutait. Il y avait quelqu'un dans la maison… Doucement, il dégagea son bras coincé sous les épaules de sa femme et tendit la main vers la lampe.

Mais il n'eut pas le temps de l'atteindre. La porte de la chambre venait de s'ouvrir. La lumière se fit et il posa un regard effrayé sur la bande d'énergumènes qui venait de faire irruption.

CHAPITRE VII

Dans cette banlieue tranquille, où se succédaient les villas luxueuses, les passants s'étonnaient de la quantité de voitures de police devant la maison de Victor Lamenais. Un couple de retraités si tranquilles. Qu'avait-il pu se passer ? Certains, plus au fait, murmuraient que c'était suite au tapage de cette nuit. Oui... Ça venait des voisins, vous savez cette villa qui a été louée il y a un mois. À qui ? On ne sait pas...

Le commissaire Vallensant venait d'entrer dans la chambre à la suite du capitaine Le Goënec et de son collègue barbu. Il venait à peine d'arriver à son bureau quand la femme de ménage des Lamenais avait téléphoné, terrorisée. À peine si elle pouvait parler. Vallensant s'était tout de suite propulsé à la villa pour découvrir... un carnage qui, malgré son expérience, lui avait soulevé le cœur. Les détails de ce macabre spectacle lui avaient fait appeler la BRI qui avait expédié Le Celte et Tarou sur les lieux.

– Quand j'ai vu ça, chuchota-t-il, comme s'il ne voulait pas déranger les morts, j'ai tout de suite pensé aux articles de presse relatifs à la noyade de ce jeune Arabe.

– Vous avez eu une très bonne réaction, digne d'un bon flic, apprécia Le Goënec.

Loïc s'immobilisa au pied du lit. Les deux époux y gisaient, côte à côte, parmi les draps froissés, teintés de rouge sang. Les assassins avaient poussé le cynisme jusqu'à les frapper main dans la main.

– Tu crois que ce sont ces fous qui leur ont demandé ça ? murmura Tarou.

– Je les en crois capables.

Les yeux exorbités de la femme, grands ouverts sur la barbarie, les fixaient pour l'éternité. La bouche était également grande ouverte sur un cri, sans doute étouffé par l'oreiller qui lui recouvrait le sommet de la tête. Victor, au contraire, avait les yeux fermés, la bouche close, comme pour nier l'innommable. Un trou rond, net, au niveau du cœur.

– Le pic à glace… articula Tarou.

– Oui. Le ou les meurtriers sont fidèles quant à l'arme du crime.

Pas besoin du légiste pour confirmer. La conviction du Celte se basait sur le chiffre gravé sur l'abdomen de chacune des victimes. Un 666 taillé dans les chairs ensanglantées, boursouflées.

Loïc se tourna vers le commissaire.

– Vous nous avez expliqué que vos services ont été appelés au milieu de la nuit par ce couple pour tapage nocturne ?

– Tout à fait exact.

– Et, que s'est-il passé ?

Vallensant se tourna vers un des gardiens qui les accompagnait.

– Étienne…

L'homme approcha.

– C'est toi qui as fait le constat, cette nuit, pour le tapage nocturne ?

– Oui. On est venu à cinq. C'était la villa d'à côté. C'était une bande de jeunes qui faisait la fête. On les a calmés.

– Et ensuite ?

– Rien. Plus de problème.

– Oui, plus de problème. Sauf qu'ils s'en sont pris à ceux qui vous avaient appelés. Vous pourriez nous les décrire ?

– Heu… pas tous. Mais certains, oui. Je me rappelle une grande brune, genre vamp, celles du cinéma américain, en noir et blanc. Vous voyez ce que je veux dire ?

Loïc acquiesça.

– Elle s'est même montrée assez agressive. Un des copains a dû la repousser. Il y avait aussi un gars au crâne rasé, sauf une grande mèche blonde, décolorée qui lui pendait en travers du visage.

– Nous aurons besoin que vous nous fassiez un portrait-robot, dit Tarou.

– Et ce matin, vous êtes allés dans la villa d'à côté ?

– Bien sûr. Y a plus personne et les portes sont grandes ouvertes.

Le Goënec regarda Tarou.

– On y va. Appelle le service des empreintes.

Ils descendirent au rez-de-chaussée, traversèrent le jardin. Dans la rue, les voisins commençaient à s'agglutiner.

– Qu'est-ce qui s'est passé ? demanda l'un d'eux.

– Quelque chose de pas très beau. Ne vous éloignez pas. Nous allons avoir besoin de témoignages.

Ils prirent la rue sur leur gauche pour atteindre l'autre villa. Du jardin, elle avait l'air abandonnée. Le portail, la porte, les fenêtres, tout était grand ouvert. Les lumières brillaient toujours. Le Celte, prudent, s'empara de son Smith & Wesson.

– Tu crois qu'il y a encore quelqu'un ? demanda Tarou en prenant son arme.

– On ne sait jamais… Un trop saoul pour suivre les autres dans leur fuite.

Ils entrèrent. La cuisine à droite, le salon devant eux, étaient jonchés de cadavres de bouteilles de toutes sortes. Ils marchaient sur des restes de nourriture qui collaient aux semelles, du verre brisé. Ils bousculaient des canettes à moitié vides. Ça puait l'alcool, le tabac, le shit. Il fallait enjamber les coussins pour avancer.

Au rez-de-chaussée, personne. Ils montèrent à l'étage. Les trois chambres étaient tout aussi vides. Même les placards avaient été vidés. Mais on sentait la précipitation.

– Ils se sont faits la malle leur crime accompli.

– S'ils nous avaient attendus, ç'aurait été plus simple, marmonna Loïc. Mais ils ne sont peut-être pas aussi malins qu'ils le croient. Cherche. Si on mettait la main sur un indice…

Chacun dans une pièce, ils commencèrent à fouiner dans les recoins, sous les meubles, passant la main dans le fond des placards. C'est dans le salon que Michel Tarou trouva un objet important. Il avait passé la main entre les coussins du canapé et ses doigts avaient rencontré quelque chose de dur et froid. Il examina ce qu'il venait d'extirper et claqua la langue de satisfaction.

– Loïc, j'ai quelque chose qui va te plaire, appela-t-il.

Le capitaine apparut aussitôt. Tarou lui brandit sous le nez l'objet en question.

– Une croix nazie, murmura Le Celte. Bravo ! Ça confirme nos hypothèses. Il faut donc surveiller ces milieux-là.

– Tu veux mon avis ? Nous avons affaire à un

vaste mouvement terroriste. C'est parti d'Autriche. Et tu verras que bientôt, on nous signalera les mêmes meurtres rituels en Italie, en Espagne…

– Tu as sans doute raison, marmonna Le Celte en pensant à autre chose. Dis… demande aux gars des empreintes de voir ce qu'ils peuvent relever sur la banderole…

Tarou eut une moue.

– Après son séjour dans la flotte… difficile.

– La science moderne peut faire des miracles.

****

Arthur et Hervé étaient des mordus de foot. C'était même dans les tribunes du stade de France, à Saint-Denis, qu'ils s'étaient rencontrés. Ils aimaient le foot, certes, mais peut-être encore davantage la violence, l'agressivité que les matchs engendraient entre les supporters. Et ils étaient de toutes les bagarres.

Ce samedi pour un empire ils n'auraient pas raté la rencontre PSG/OM. Ça allait chauffer. Mimi avait insisté pour aller avec eux.

– On te prévient ça peut se bagarrer.

– Et je vous connais. Vous y allez pour ça, les garçons ? Ne vous en faites pas. Je ne serai pas la dernière à cogner.

On s'invectivait et on se menaçait dès l'entrée

du stade. Ou plutôt, dès le barrage de CRS et de service de sécurité passé. Les clans de supporters se faisaient d'eux-mêmes. La première mi-temps se solda par un score en faveur de l'O.M. : 1/0. Un résultat qui échauffa les esprits, d'un côté comme de l'autre. Les supporters de l'O.M. pavoisant un peu trop fort, n'hésitant pas à traiter les Parisiens de nuls ; ces derniers galvanisés par la revanche à prendre, hurlant que les Marseillais n'auraient pas le dernier mot.

Mimi, blonde, cheveux très courts, vêtue d'un blouson en jean, les bottes montant jusqu'aux genoux, fut la dernière à entrer dans la danse de la violence. Comment ça commença ? Voilà une question qui reste souvent sans réponse, tant le prétexte pour le premier coup est quasiment anodin. Mais les esprits échauffés n'attendaient que cette explosion. Rapidement, le service d'ordre fut débordé. Les CRS envahirent le stade. C'était la débandade partout pour leur échapper. Hervé se dégagea rapidement.

– On se casse. Ça sent le roussi, cria-t-il à Arthur.

– Et Mimi ?

– Elle est là, devant. Regarde comme elle se défend.

Ils admirèrent leur copine qui distribuait coups de pied et coups de griffe à tout ce qui passait à sa portée. Dans le feu de l'action, elle n'avait pas vu les CRS qui se frayaient un chemin parmi ces excités.

– Oh ! Merde ! éructa Hervé.

Un des CRS venait de ceinturer leur copine. Et elle avait beau se débattre, agiter les jambes en tous sens et le bourrer de coups de poings. Rien n'y fit. Un second vint prêter main forte à son collègue et, sous leurs yeux horrifiés, Mimi fut emmenée hors du stade.

Les deux garçons jouèrent des coudes pour se sortir de la cohue et arrivés dehors, ils virent Mimi poussée, avec d'autres hooligans, dans un car. Les deux copains se regardèrent et sans se parler, ils savaient que tous deux pensaient à la colère du chef quand il apprendrait.

****

Dès que Tavernier avait été au courant des émeutes au stade, il avait demandé l'identité et la photo de tous les jeunes arrêtés.

– Avec un peu de chance, on va tomber sur un de nos suspects, expliqua-t-il à Loïc.

Quand il eut les photos de plus de cent jeunes, il convoqua au quai des orfèvres les 5 policiers du Vésinet.

Devant l'ampleur de la tâche, ils eurent une moue.

– Ça va prendre des heures, objecta le plus âgé.

– Prenez le temps qu'il faudra, répondit le commissaire, sans s'émouvoir. Pourvu que vous trouviez.

À midi, Valérie leur apporta des sandwichs. Ils faisaient les choses très consciencieusement. C'est peu après le café que l'un d'eux prit la photo de Mimi et l'examina plus attentivement avant de la tendre à son collègue.

– Celle-là, non ?

L'autre s'exclaffa.

– Évidemment ! Je peux même te dire qu'elle avait les seins à l'air. Une belle nana !

Valérie, qui surveillait l'opération, avait bondi.

– Vous êtes sûrs ? demanda-t-elle en leur prenant la photo des mains.

– Sûr et certain ! Vous pouvez me croire. Des nichons comme ça, ça ne s'oublie pas facilement. Oh ! Pardon, ajouta-t-il en se rendant compte qu'il parlait à une femme.

Valérie était déjà dans le couloir. Elle ouvrit en trombe la porte du bureau de Loïc et, en brandissant la photo :

– Ça y est ! Ils en ont trouvé une !

Mimi se tenait très droite sur le bout de la chaise, face à Tarou, Le Goënec et Tavernier. Avec cran, elle les regardait droit dans les yeux, un petit sourire railleur aux lèvres. Ça faisait deux heures qu'elle leur tenait tête, sans lâcher un mot.

Ils se relayaient, sans succès.

Le commissaire et Le Celte sortirent de la pièce.

– Coriace, la demoiselle, bougonna Tavernier. Elle ne dévoilera rien.

– Sortons-lui le grand jeu : les photos de leurs victimes.

Tavernier était un puriste. Il fit la grimace.

– Tu sais que je n'aime pas trop ce système.

– Faudrait savoir ce que vous voulez !

Le commissaire eut un geste pour dire : fais comme tu veux.

Loïc passa dans son bureau, prit les dossiers sur le double meurtre du Vésinet et sur la noyade de Mourad. Quand il fut à nouveau face à Mimi, il posa les dossiers devant elle et ouvrit le premier. Les photos du couple de retraités, baignant dans leur sang, avec ce chiffre gravé dans leur chair, la firent frissonner.

– Alors, vous vous êtes bien amusés ?

– Je n'y étais pas !

– Mais tu savais qu'ils avaient commis cette abomination, tes petits copains ?

Mimi baissa la tête, vaincue. Le Celte ouvrit le second dossier révélant la photo de Mourad, allongé sur la table de la morgue. Il prit les cheveux de la jeune femme et lui tira la tête en arrière, la forçant à regarder.

– Et celui-là, tu savais aussi ? Ce qu'on veut,

c'est le nom du chef de votre petite bande de tarés.

– Je l'ignore, murmura-t-elle, si bas que Loïc dut se pencher vers elle pour l'entendre.

– Comment, tu ne le connais pas, attaqua Tarou en plaquant ses mains sur la table.

Mimi le regarda.

– Non, je vous assure. Il est Allemand, c'est tout ce que je sais.

– Allemand ou Autrichien ?

– C'est pas pareil ?

– Non. Pas tout à fait.

– Comment tu sais qu'il est Allemand ? Il l'a dit ?

– Non. Son accent. On sait simplement qu'il est en France depuis peu de temps.

– Quelques mois ?

– Oui… Je crois…

Tarou revint à la charge.

– Vous lui donnez bien un nom ?

– Il se fait appeler « Teufel ».

Les deux policiers se regardèrent.

– Démon, en allemand, renseigna Tavernier qui venait d'entrer. Eh bien, on avance. Maintenant, tu vas nous le décrire.

Elle les regarda, paniquée.

– Pour le couple… je vous jure, je savais pas. Les garçons sont partis et quand ils sont revenus, on a levé le camp.

Mimi ne se fit pas prier pour faire le portrait d'Ernst.

CHAPITRE VIII

Le Goënec n'avait pas été long à téléphoner à Vienne, au commissaire Werner Minskowski.

Il lui avait donné la description du chef de bande, faite par Mimi.

– Je ne vois pas, avait répondu le commissaire autrichien. Depuis quelque temps, ils se sont calmés. Ils ne font plus parler d'eux.

Le Celte avait une idée en tête.

– Peut-être parce qu'ils se cherchent un nouveau chef. M'est avis que celui dont nous avons hérité est leur ancien gourou : mêmes méthodes, mêmes symboles, mêmes motivations. Essayez donc de savoir le nom, ou au moins la description de cet ancien leader.

– Facile, répondit Minskowski. Nous les avons toujours sous surveillance. Vous aurez la réponse demain ou après-demain.

Le Celte reposa le téléphone, satisfait et leva les yeux vers Tavernier qui tirait voluptueusement sur sa gauloise.

– Qu'est-ce qu'on fait en attendant ? demanda-t-il.

– On garde la demoiselle au chaud. On lui a fait suffisamment peur. Je suis certain qu'elle va nous faire d'autres confidences. Réunion dans mon bureau dans dix minutes.

Les ordres du patron ne se discutaient pas. Dix minutes plus tard, l'équipe était enfermée dans la pièce enfumée.

– Résultat des recherches sur les mouvements néo-nazis, demanda le commissaire.

– Il y a deux courants qui ne se fréquentent guère, commença Valérie. Un, essentiellement politique, que nous laisserons de côté. À l'évidence, ce n'est pas celui auquel nous nous heurtons. L'autre, donc, présente une attitude générale de refus de certains aspects de notre société, de provocation. Certaines de ces organisations préconisent l'usage de la violence, alors que d'autres y sont farouchement opposés. Leurs emblèmes : les nazis de l'époque, évidemment, et puis des emblèmes runiques ou celtiques recyclés. Au sein du mouvement néo-nazi, certains groupes s'apparentent aux skinheads par leur refus de certaines valeurs, telle que la bourgeoisie, l'ordre. Ils ont aussi à voir avec le Ku Klux Klan quand leurs violences visent les Noirs, les Juifs, les Arabes, les homosexuels.

– Bref, un joli petit monde, conclut Tarou en

faisant une moue dégoûtée.

Tavernier tira une cigarette du paquet.

– Et ce « 666 », vous savez exactement à quel symbole il correspond ? demanda-t-il en l'allumant.

– Le chiffre 6 est très ambivalent, expliqua Michel Tarou. Il peut pencher vers le bien, ou vers le mal et la révolte. Par exemple, c'est le chiffre de Néron. Mais c'est aussi le sceau de Salomon. Deux triangles inversés qui se croisent et forment ainsi 6 petits triangles qui représentent la puissance. C'est aussi le nombre du péché dans l'Apocalypse. On retrouve le 666 dans ce texte qui est aussi le chiffre de la bête et le symbole du pouvoir ou de l'Etat divinisé.

– Nous avons affaire à des jeunes complètement givrés, conclut Le Goënec.

– À des jeunes qui en sont restés à la Seconde Guerre mondiale, à l'époque du nazisme et de son racisme en tous genres.

– Sans même savoir réellement de quoi ils parlent, dit Valérie. Savez-vous qu'un récent sondage a montré que la plupart des jeunes ignorent tout d'Hitler.

Tavernier écrasa son énième mégot et se leva.

– Eh bien, qu'est-ce que vous foutez encore là ? Au boulot. Sondez-moi tous ces milieux néo-nazistes, néo-fascites, néo tout ce que vous voudrez. Mais je veux des résultats, et vite. Avant que cette bande de petits crétins ne nous flanque un autre meurtre sur les bras.

– Nous avons des pistes avec ce que nous a fourni la dénommée Mimi, précisa Le Celte.

– Alors, foncez ! Je ne veux plus vous voir, tonna le commissaire.

Au sein des Soldats de Satan, pour que le groupe fonctionne en toute sécurité, Ernst avait établi des règles très strictes que ses « soldats » s'étaient empressés de suivre. Aucun ne connaissait le nom de famille des autres, aucun ne savait où l'autre habitait, ignorait tout de sa famille, de son métier s'il en avait un, de son parcours. Seul lien autorisé : le numéro du téléphone portable, point barre ! Et là encore, tout était cadenassé. Chacun des soldats n'avait qu'un seul numéro. Et jamais encore aucun n'avait enfreint la règle.

Pour ces jeunes livrés à eux-mêmes depuis plusieurs années, en rupture de parenté, de société, c'était « la » grande aventure. Ce chef, qu'ils avaient pour la première fois, représentait l'autorité qui s'élevait contre tout ce qu'ils exécraient. Il les menait dur, mais leur faisait vivre des moments intenses, comme ils n'en auraient jamais vécu individuellement.

Ernst avait d'abord rencontré Hervé. Son crâne rasé, sa longue mèche blonde décolorée qui lui barrait le visage l'avait tout de suite désigné à l'Autrichien comme quelqu'un de son bord. Le reste de la bande s'était constituée petit à petit, à travers les copinages. L'un connaissait untel, qui connaissait untel. Tous s'étaient croisés lors de matchs mouvementés, de manifestations.

Avant d'enrôler le nouveau, Ernst posait une série de questions : tu connais son nom de famille, où il habite, ce qu'il fait ? Un seul oui et le candidat était rejeté.

Mimi n'avait donc pu faire qu'une description physionomiste de la bande. Valérie s'était chargée de décrypter les différents numéros de téléphone sur le portable. Il fallut deux jours aux services techniques et informatiques pour donner la liste complète de ces abonnés.

Loïc et Tarou occupèrent le terrain. Il s'agissait d'aller à toutes les adresses livrées par les numéros de téléphone. À la troisième ce fut bingo. La chance ! Rue des Panoyaux, à Ménilmontant.

– Qu'est-ce que ce quartier a changé, remarqua Tarou. Tu sais que j'ai grandi par ici ?

– Eh ! Tout le monde n'a pas la chance de vivre son enfance dans une île paradisiaque, répliqua Loïc en riant.

– Côté distraction, Belle Ile, excuse-moi, ce doit être plutôt mince.

– Détrompe-toi. Le bateau, la pêche, les

courses à vélo dans la lande, grimper sur les falaises…

– Et les concerts ? David Bowie à l'hippodrome d'Auteuil, t'as pas vu ça, toi ? Tu sauras jamais le pied que c'était.

Le Celte éclata de rire.

– Tu ne trouves pas qu'on a l'air de vieux briscards à débiter nos souvenirs ?

– Non ! C'est plutôt marrant.

Ils remontaient la rue qui faisait un large coude avant de repartir à l'assaut de la colline. Dans cet angle, qui ressemblait à une placette, un café profitait de la largeur soudaine du trottoir pour installer une terrasse. Les tables étaient occupées par des bandes de jeunes, garçons et filles, qui débordaient sur la chaussée, obligeant les voitures à klaxonner pour réclamer le passage. Là, les garçons se déchaînaient par une agressivité qui n'attendait que ce déclic pour se manifester.

Les deux policiers s'étaient arrêtés sur le trottoir d'en face et observaient cette faune. Quelques-uns de ces jeunes loubards les fusillèrent du regard.

– On se fait remarquer, susurra Tarou dans sa barbe, en tripotant sa pipe fichée au coin des lèvres.

– C'est tout à fait ce que je voulais. Et, vois-tu, comme nous puons le flic à vingt pas, si un de ces jeunes lascars a quelque chose à se reprocher, il va s'arranger pour disparaître. Alors, ouvrons l'œil.

Ludo les avait tout de suite repérés. Il avait instantanément interrompu sa conversation pour glisser des regards furtifs vers les deux flics. Ses mains s'étaient mises à trembler, tandis que sa mémoire lui présentait en cinémascope les deux vieux dans leur lit ensanglanté.

– Eh ! Qu'est-ce qui te prend ? grogna le copain. Je veux connaître la fin de l'histoire.

– Attends ! Je reviens, bredouilla Ludo.

Par petits pas comptés, il se faufila entre les tables, lorgnant le salut au bout de la terrasse.

Une manœuvre qui n'avait pas échappé à Loïc. Tarou, pour se donner une contenance, bourrait consciencieusement sa pipe, mais ses petits yeux fouineurs ne quittaient pas Ludo.

– On y va ? marmonna-t-il, en portant sa pipe à sa bouche.

– Toi à droite, et moi à gauche.

Ils traversèrent. Ludo paniqua en les voyant se séparer pour le coincer. Il tenta le milieu. Mais une Renault débouchant à ce moment lui bloqua le passage. Il fit demi-tour, vers l'intérieur du café et se trouva face aux deux policiers.

– Ludovic Granier ? fit Tarou.

Ludo devint blême.

– Veuillez nous suivre, s'il vous plaît.

Il ne se rebiffa même pas. Il savait que c'était inutile.

****

Tavernier n'avait pas voulu perdre de temps. Le Celte et Tarou se relayèrent auprès du jeune Ludovic pour lui soutirer tout ce qu'il savait. 20 ans, tout au plus. Une rage de tout casser, à commencer par le père qu'il avait fui voici deux ans. Ludo, jusqu'à cette minute, s'était cru un dur, un caïd, comme ses modèles des séries T.V. qu'il ingurgitait jusqu'à plus soif. Et là, dans la petite pièce nue des interrogatoires, devant ces deux flics qui le harcelaient, il se dégonflait à vue de nez, comme une baudruche.

Après deux heures de harcèlement, le petit Ludo avait reconnu sa participation au double assassinat des époux retraités.

– Déférez-le tout de suite au juge d'instruction, déclara le commissaire. Et avertissez les journaux. Je veux un gros battage autour de cette affaire. J'espère que ça va faire sortir les autres de leur tanière. Et, en plus, je téléphone au parquet pour que l'affaire soit rapidement jugée.

Ernst tenait le quotidien grand ouvert. À la une, un titre en caractères gras : « le procès du jeune « Soldat de Satan ». Nina, pelotonnée dans ses bras s'était mise à trembler.

– Ils vont nous épingler. Ludo a dû tout déballer.

Ernst eut un sourire de vainqueur.

– Nous épingler ? Mais où veux-tu qu'ils nous trouvent ? Ludo ne sait rien de nous. Je m'appelle « Teufel », c'est tout.

Il serra Nina contre lui.

– Les flics français l'ont dans le cul ! proféra-t-il d'une voix triomphante.

– Et Mimi ? Tu crois qu'elle va comparaître avec lui ?

– Non. Ils n'ont rien contre elle. On va les niquer complètement ces petits Maigret. Voilà ce que l'on va faire.

Ludovic Granier faisait le plein. S'il avait rêvé, un jour, d'être une vedette, c'était aujourd'hui son heure de gloire. Tous les médias étaient présents : chaînes de télé, radios, presse en tous genres. Le procès était retentissant, comme Tavernier l'avait souhaité. Le parquet, juges, président de cour, procureur, bâtonnier, tous l'avaient suivi. Du jamais vu. Les époux assassinés à peine enterrés, Ludovic se retrouvait sur le banc des accusés, aux assises de Paris, répondant seul, au nom des « soldats de Satan » de ce double meurtre.

Parmi la foule de curieux qui se pressaient dans la salle, un couple : Ernst et Nina. Elle se terrait contre lui, passablement impressionnée et morte de trouille. Pour la circonstance, elle avait eu la main légère côté maquillage. Histoire de ne pas se faire trop remarquer.

– Je te dis qu'on ne craint rien, la rassurait son amant.

Lui, il jubilait. Quel pied de faire la nique aux flics. Le scénario qui allait être mis en scène dans quelques minutes dans cette vaste salle, il en était l'auteur en quelque sorte, l'instigateur. Jamais comme à cet instant, il n'avait ressenti un tel état de puissance. Dieu en personne, voilà ce qu'il était. Il étouffa un rire. Ou plutôt le diable !

Un autre couple avait pris place sur les bancs, près des avocats. D'où ils étaient Le Celte et Tarou avaient vue sur tout le public, qu'ils ne se privaient pas de lorgner.

– Avec tout ce battage si aucun des membres des Soldats de Satan ne montre le bout de son nez, c'est que je ne comprends plus rien à ce métier, murmura Loïc. Ce genre de type aime titiller le danger, le provoquer pour se prouver qu'il est le plus fort, le plus grand.

– Espérons que tu aies raison, marmonna le barbu.

Les portes de la salle d'audience étaient fermées depuis déjà un bon quart d'heure. Elle bourdonnait de murmures qui se turent instantanément quand l'huissier annonça d'une voix forte :

– Messieurs, la Cour.

Le public se leva comme un seul homme. Le Président, suivi de ses assesseurs, entra, solennel. Avocat de la défense, procureur, greffiers, accusé, gendarmes… Les acteurs étaient en place. La pièce pouvait commencer.

Ernst et Nina avaient pris place à peu près dans le milieu. Il se tenait très droit, légèrement penché en avant. Il n'eut pas un regard vers Ludo, livide, dans son box. L'accusé baissait la tête, honteux d'être là. Ernst eut une moue de dégoût. Pas même le courage de son engagement auprès des « Soldats de Satan ». Une lavette.

Le regard du Celte détaillait chacun de ces curieux alignés dans la salle, dans un face à face dramatique avec l'appareil judiciaire. Au premier rang, les deux enfants du malheureux couple de retraités. Un homme dans la quarantaine, et une jeune femme blonde, fragile, les yeux cernés, qui lui serrait la main convulsivement. Elle ne quittait pas l'accusé des yeux. Et c'était peut-être ce regard chargé d'incompréhension et d'une tristesse insoutenable que Ludo cherchait à fuir.

Le procès commença. Présentation de l'accusé, relation des faits, défilé des témoins à charge et à décharge. Enfin, tout le rituel habituel.

Les deux policiers s'étaient partagé la salle. Tarou observait toute la partie droite et Loïc l'autre, en partant du dernier rang jusqu'au premier. Loïc s'arrêtait longuement sur chaque visage, cherchant à deviner ce qui pouvait pousser cette personne à venir s'installer pour de longues heures sur les bancs inconfortables du Palais de Justice.

Cette jeune femme les yeux emplis de larmes… Une amie ? Une parente ? Ou juste de la compassion ? Et cet homme âgé à ses côtés, le visage marqué d'horreur… La crainte de subir le même sort ?

Ernst les avait tout de suite remarqués. Ils puaient le flic à plein nez. Un petit sourire méprisant aux lèvres, il s'amusait de leur manège et attendait avec une certaine impatience, le moment où les yeux du flic croiseraient les siens.

Les bribes de phrase des avocats ou des témoins arrivaient à peine aux oreilles de Loïc tant il était concentré sur le public, persuadé qu'un des membres de la bande serait là. Il ne pouvait pas en être autrement ! Il en était déjà à la troisième rangée. Pas beaucoup de jeunes dans cette assemblée. Ce double crime intéressait surtout ceux qui pouvaient être les prochaines victimes de fous aussi dangereux que celui qui se tassait dans le box des accusés.

Sur la rangée inférieure, le regard du Celte se posa d'abord sur Nina. Enfin, une jeune. Que venait-elle chercher là ? Un petit frisson de terreur ? Une excitation malsaine ? Elle s'appuyait plus que de raison contre le jeune homme au crâne rasé qui était à ses côtés. Un abandon du corps qui disait bien qu'entre eux les relations étaient très intimes. Il s'attarda sur le tatouage, une petite rose rouge, qui fleurissait sa tempe droite, puis sur le petit diamant incrusté dans sa narine gauche. Ça, ce n'était pas de la fillette de bonne famille. C'était plutôt de la graine du même sac que l'accusé.

Son regard glissa sur son compagnon et il eut un choc en rencontrant les yeux d'un bleu intense qui le fixaient sans ciller. Un léger frisson lui zébra l'échine. Ce regard provocant, ce petit air arrogant… sans parler du look…Les descriptions sommaires de Mimi et de Ludo qui concordaient, s'adaptaient à la perfection à ce type.

Loïc n'eut aucun doute: celui-ci faisait partie de la bande et il en était même le chef. Voilà donc le fameux « Teufel », se dit-il avec jubilation. Il tapota discrètement sur le genou de Tarou. Le barbu se contenta de grogner, sans bouger.

– Jette un œil sur le crâne rasé à côté de la jolie brune, dans le rang du milieu, grommela-t-il sans desserrer les dents.

Tarou s'exécuta lentement. Son regard fixa Ernst pendant quelques secondes qui lui suffirent à se faire une idée.

Sur le même mode que son collègue, il lâcha:

– Suis du même avis que toi.

Loïc réfléchit quelques secondes. Arrêter le gars ne servirait à rien. Il fallait le filer pour qu'il les conduise à la bande, tout entière. Pour ne pas affoler le garçon, Le Celte détourna les yeux et les laissa errer sur la salle.

– On ne le perd pas de vue, murmura-t-il. Dès la fin des débats, tu vas à gauche et moi à droite. S'ils se séparent, on en prend chacun un.

Ernst, de son côté, avait, lui aussi, arrêté de fixer le policier. Le procès suivait son cours, mais ni Le Goënec, ni Tarou n'auraient été capables de raconter ce qui s'y disait. Enfin, le président déclara la séance levée. Réquisitoire, plaidoirie et verdict remis au lendemain.

Le public se levait dans un brouhaha de commentaires. Ernst pressa la main de Nina avant de chuchoter :

– Baisse-toi, comme si tu cherchais quelque chose et sors de la salle comme ça. File au premier bistrot, qui fait l'angle du boulevard et enferme-toi aux toilettes.

– Combien de temps ? demanda-t-elle, sans poser la moindre question, tant elle avait une confiance aveugle en son amant.

– Un temps suffisamment long pour que tu puisses ressortir en toute sécurité. Rendez-vous métro Saint-Michel, direction « Porte d'Orléans ».

Aussitôt, Nina s'exécuta. Elle disparut entre les jambes des gens qui, lentement, quittaient la salle.

Du coin de l'œil, Ernst vit le désarroi d'un des flics. Tarou ne put réprimer une moue de désappointement quand il s'aperçut que Nina avait disparu de son champ de vision. Bon Dieu, mais où était-elle passée, la garce ? Jouant des coudes, il s'élança hors de la salle, bousculant quelques personnes au passage.

Ernst se leva lentement et sans un coup d'œil du côté du Celte, persuadé que celui-ci le matait avec insistance, il quitta l'audience à son tour.

Loïc lui emboîta le pas. L'autre se faufilait avec adresse entre les groupes qui sortaient sans se presser. Il avait une agilité diabolique. Par moments, Le Celte le perdait de vue, tempêtait, puis, apercevait à nouveau le crâne rasé par-dessus les têtes. Heureusement, ce lascar était grand.

Ils sortirent du palais de justice, l'un derrière l'autre. Ernst se retrouva sur le boulevard trois minutes avant le policier. Avec une audace incroyable, il s'élança sur le boulevard au milieu des véhicules, esquivant adroitement voitures et motos, faisant fi des klaxons furieux, et se retrouva quelques secondes plus tard sur le trottoir d'en face. Il fonça jusqu'au bureau de poste et s'y engouffra.

Le Celte déboucha à son tour sur le boulevard.

– Le Goënec !

Instinctivement, Loïc se retourna sur l'interpellation. Un collègues des stups s'avançait vers lui, la main tendue.

– Dis donc, pour te voir, il faut compter sur le hasard. Ça fait trois semaines que je t'ai appelé. Tu as eu mon message tout de même ?

– Excuse-moi, vieux. Pas le temps.

– Comme d'habitude, jeta l'autre avec amertume. Tu me snobes ?

– Qu'est-ce que tu vas chercher là !

Tout en parlant, Loïc inspectait le boulevard et pestait, intérieurement, de ne pas capter la silhouette qu'il poursuivait. Le collègue s'aperçut enfin de son manège.

– T'es sur un coup ?

– Oui… Difficile.

– Compris. Je te rappelle. Mais cette fois ce sera urgent.

Loïc lui fit un signe de la main pendant que l'autre s'éloignait.

– Eh ben, je vois que t'es dans la même galère que moi ! lança Tarou qui l'avait rejoint.

– Ah ! Les vaches… Ils ont la technique !

– Ils peuvent être dans un de ces bistrots, vers Saint-Michel…

– Vers Notre-Dame… compléta Tarou.

– Ou vers Châtelet… Donc inutile de chercher. On rentre au bureau. On va envoyer un mail à Vienne, à Minkowski. Il a peut-être, dans ses fichiers, la bobine du type qu'on a repéré. Notre description sera plus précise que la fois précédente.

CHAPITRE IX

Dans le bureau de Tavernier, ce matin, l'atmosphère était résolument au rouge. Plantés devant la table du patron, Le Celte et Tarou attendaient qu'il passe sa colère sur le téléphone. Au bout du fil : son épouse, Edwige, pour la troisième fois consécutive. Le problème : la santé du chat. Premier appel pour signifier la maladie de la pauvre bête ; deuxième appel pour avertir de la visite chez le vétérinaire ; troisième appel pour expliquer le résultat de la consultation.

– Ben oui… marmonnait Tavernier, d'un air excédé. Oui, tu as raison… D'accord… Je ne sais pas moi ! Sans doute… Ok… Oui, je te dis. Bon écoute, faut que je te laisse. On a du travail… Oui, eh bien, fais ce qu'il a dit… Mais non, c'est lui qui sait. Je te rappellerai dans la matinée.

Il raccrocha brutalement en masquant à peine un sourire. Puis, son regard se posa sur ses deux adjoints, toujours immobiles devant lui.

– Ce sont des félicitations que vous voulez ? Se

faire avoir par des gamins…

– Comme les bleus, souligna Loïc d'une voix grave, chargée de colère rentrée.

– Je ne vous le fais pas dire !

Le commissaire attrapa son paquet de gauloises, posé devant lui, tira une cigarette. Le vieux Zippo cabossé cracha sa flamme. Une fumée bleutée vint chatouiller désagréablement les narines des deux policiers. Loïc fit la grimace, mais se dit que ce n'était peut-être pas le moment opportun pour rappeler au patron que fumer dans les bureaux était strictement interdit par la loi.

– Alors, qu'est-ce que vous comptez faire ? demanda Tavernier en tirant comme un malade sur sa cigarette, histoire de se détendre les nerfs.

– Nous attendons le mail de notre collègue de Vienne. Peut-être que ce type est fiché. Cette fois, toutes les descriptions corroborent : celle de Ludo, celle de Mimi et la nôtre. C'est bien le diable si Minkowski ne retrouve pas ce « Teufel ». Le petit Ludo, Mimi, parlent tous deux d'un Allemand. Mais pour eux, aucune différence entre un Allemand et un Autrichien. Peut-être que nous aurons la chance que Minkowski le reconnaisse.

– Ça fait beaucoup de « peut-être », non ?

Loïc soupira.

– Je dois avouer que pour l'instant, nous naviguons au radar.

– Eh bien, j'espère que votre radar va pêcher un gros poisson.

On frappa. Valérie entra, un papier à la main.

– La réponse de Vienne, annonça-t-elle, en tendant le mail à Loïc.

Il lut à haute voix.

– Chers collègues, La description très détaillée que vous m'avez envoyée nous a permis de retrouver dans nos fichiers, celui qui vous intéresse. Un petit délinquant occasionnel, arrêté une seule fois pour chahut un peu agressif lors d'un match de foot, voici deux ans. Aucune récidive. L'affaire, d'ailleurs, avait été rapidement classée. Son père est le juge Otto Weinberg, très honorablement connu à Vienne. Depuis ce regrettable incident, ce jeune homme n'a plus jamais fait parler de lui. Par conséquent, je doute fort que votre suspect soit l'homme de la situation. Par acquit de conscience, je me suis tout de même discrètement renseigné sur la famille Weinberg : le fils, Ernst, a quitté Vienne depuis quelques mois. Bien à vous.

Il releva la tête et rencontra le regard de Tavernier.

– Il semble que la pêche soit bonne, malgré ce qu'en pense ce Minskowski, fit ce dernier. Ne reste plus qu'à le localiser.

– Maintenant que nous savons qui chercher, c'est les doigts dans le nez ! lança Tarou.

– Espérons…

La journée se passa à recenser les groupes néo-nazis fichés dans différents services, à répertorier leurs terrains de jeux favoris.

– Demain, grande opération ratissage, annonça Le Goënec en quittant Michel Tarou. Donc, pas de folies ce soir. Couche-toi de bonne heure. La semaine va être rude.

– C'est plutôt toi qui fais des folies de ton corps. Je n'ai pas de Florence, moi !

– Oh ! Je serai sage comme une image. Comme d'habitude, elle est en reportage à l'autre bout du monde. Allez, salut.

Le beau temps de cette fin de journée incitait les badauds à flâner sur le quai, les amoureux à profiter des derniers rayons de ce soleil hivernal. Ces deux-là avaient arrêté leur moto depuis déjà un bon moment. Le garçon n'avait pas ôté son casque. Il se tenait accoudé sur le parapet, face à la sortie du 36. La fille, son casque passé à son bras, se serrait contre sa poitrine, le regard posé sur la Seine qui coulait lentement en contrebas.

Le Goënec sortit. Le planton le salua. La Kawasaki rouge était garée comme d'habitude. Loïc ouvrit le porte-bagages arrière, en sortit son casque et enfourcha le monstre après avoir bouclé la jugulaire.

En face, le couple d'amoureux s'était désuni. Le garçon enfourchait sa moto ; la fille monta derrière après avoir caché sa chevelure brune sous le casque. Les deux motos se fondirent dans la circulation du quai.

Madame Marthe sortait les poubelles quand Loïc arrêta la moto avenue du Maine. C'était un travail harassant pour une femme de son âge. Heureusement, deux de ses locataires l'aidaient. Le petit couple homo du second.

Loïc poussa la Kawasaki dans le hall.

– Je croyais que cette histoire était réglée, gronda-t-il. Le syndic devait employer quelqu'un pour vous aider. C'est inadmissible.

La petite chienne Reine lui tournait autour en aboyant. Il la gratifia de quelques caresses.

La vieille femme sourit.

– Entre les intentions et la réalisation… souffla-t-elle. Heureusement que j'ai de gentils locataires…

Pierre et Yohan tiraient chacun une poubelle sur le bord du trottoir.

– Voilà, madame Marthe. Ce sont les deux dernières. Vous avez de la chance qu'on se soit trouvés là au bon moment.

Déjà, sans attendre les remerciements attendris de la gardienne, ils tournaient les talons vers le plus proche restaurant.

– Merci, monsieur Pommet, cria madame Marthe en direction des deux garçons.

Puis, elle se tourna vers son locataire préféré, et entrant dans le hall, elle lui souffla sur le ton de la confidence.

– Bien sûr, je pourrai leur donner du pot au feu que j'ai préparé. Ça leur éviterait la dépense du restaurant. Ils ne savent pas faire la cuisine, conclut-elle avec une légère teinte de mépris dans la voix.

Elle prit Loïc par le bras.

– Je vous en ai préparé une boîte. Quand votre amie est absente, vous mangez n'importe quoi.

– Heureusement que vous êtes là, madame Marthe.

– Eh oui ! Heureusement… Même si vous vous moquez de moi.

Elle était entrée dans sa loge et en revint bientôt avec une boîte en plastique bleu.

– Voilà, régalez-vous.

– Merci. Ça me rappellera ma mère.

– Ah ! Votre mère faisait aussi du pot au feu ?

– Une fois par mois, régulièrement, parce que mon père adorait l'os à moelle.

Loïc était déjà dans l'escalier quand elle conseilla :

– Faites-le chauffer à feu doux, très doux, hein ?

Il eut un geste pour signifier qu'il avait compris.

– Allez, Reine, on rentre, fit-elle à la petite

chienne. Notre feuilleton va commencer.

Ernst s'était arrêté de l'autre côté de l'avenue. Il avait eu un sourire carnassier en remarquant le couple d'homos. Ceux-là, il allait se les faire. Voilà l'occasion qu'il attendait pour défier le flic.

– Qu'est-ce qu'on fait maintenant ? demanda Nina en se blottissant contre lui.

– On attend. Et on va bien s'amuser, je te le garantis.

Elle eut un rire heureux.

– Avec toi, c'est toujours super. Ce que tu peux avoir comme idées !

– Il doit bien y avoir un Mac Do dans le coin. Va chercher quelque chose.

Elle attrapa les lèvres de son amant et les mordilla goulûment. Il ouvrit la bouche et elle y engouffra sa langue. Leur baiser fut long, comme elle les aimait. Ça lui donnait des frissons dans tout le corps. Dès que leurs langues se rencontraient, son ventre le réclamait impérieusement. Cette attente prometteuse la mettait en transe. Elle adorait.

Il suivit son joli petit cul bien pommé quand elle s'éloigna sur l'avenue. Puis son regard revint sur le portail du 163 qui s'était refermé. Il sourit en repensant au regard de ce flic, hier, au procès de cet imbécile de Ludo. Il croyait bien l'avoir eu. Mais qui des deux avait eu l'autre ? Et ce soir, ce serait l'apothéose. Tu vas voir, mon petit flic, on va bien se marrer. Et tu vas comprendre à quelle partie tu t'attaques. Le jeu va être serré et c'est ça qui me plaît.

Nina revenait avec un lourd sachet en papier. Elle en tira des gobelets de coca, des cartons de sandwichs qu'ils dégustèrent assis sur la moto. Peu à peu, la circulation se fit moins dense, les trottoirs devinrent presque déserts. Ils étaient tapis dans l'ombre, loin de la lumière des réverbères de l'avenue. La main d'Ernst s'était glissée entre les jambes de Nina et frottait le pubis qu'elle lui tendait en se cambrant au maximum.

– Tu crois qu'on pourrait le faire ici ? demanda-t-elle, la voix chavirée de désir.

– On pourrait, répondit-il en insistant avec son index sur les parties stratégiques qui la firent se pâmer. Mais on a mieux à faire.

Elle répondit par un petit rire nerveux.

Il était près de minuit quand Pierre et Yohan se pointèrent sur l'avenue en se tenant par la main. Ils aimaient cette heure de la nuit, où ils pouvaient afficher leur amour en toute liberté, sans craindre les regards choqués ou curieux des passants.

Ernst s'était écarté de Nina.

– Ça y est ? chuchota-t-elle.

– Oui… Que la fête commence !

Il traversa et elle le suivit. Ils atteignirent le 163

en même temps que le couple. Ernst marqua un temps d'arrêt à trois mètres derrière eux, pendant qu'ils composaient le code de l'immeuble. Puis, quand la porte s'ouvrit, d'un bond, il se plaqua contre eux. Yohan eut un léger cri, plus étonné qu'apeuré. Pierre, lui, jeta un « non mais... » qu'il n'eut pas le temps d'achever. Nina le poussait dans le hall en chuchotant :

– Sage...

La lourde porte se referma les laissant dans le noir. Inutile de plaquer la main sur leurs bouches. Les deux agressés étaient si tétanisés par la surprise et la peur qu'ils n'eurent même pas le réflexe d'hurler.

– On monte chez vous, murmura Ernst à l'oreille de Yohan.

Sans protester, Yohan s'engagea dans l'escalier. Pierre, en passant devant la loge de madame Marthe, marqua un léger mouvement et ouvrit la bouche pour crier. Mais Nina veillait. Elle ferma ses doigts, telles des serres d'oiseau de proie, sur la nuque de sa victime qui en eut le souffle coupé.

– Sage, j'ai dit, chuchota-t-elle. Sinon, c'est moi qui ne le serais plus.

Ils atteignirent le palier du second étage. Pierre sortit les clés de sa poche et d'une main tremblante, ouvrit la porte. Ils furent propulsés dans l'appartement. Ernst referma, poussa les verrous.

Dans la minuscule entrée, tous quatre se faisaient face. Ernst souriait, tout content de lui et de ce qui allait suivre. Yohan ne voulait pas envisager le pire. Ce n'étaient que deux pervers qui désiraient s'amuser avec des homos. Ensuite, ils partiraient… Pierre était plus pessimiste. Il lorgnait l'Autrichien et son look, son regard mauvais, son sourire vicieux, ne lui disaient rien de bon. Il songea au téléphone, posé sur le bureau. Il fallait les attirer dans cette pièce.

– Vous voulez boire quelque chose, pour commencer la soirée ? ânonna-t-il, d'un ton pas très convaincu.

En même temps, il amorça un pas vers le salon.

Ernst eut un rire méchant en regardant Nina.

– Ils sont drôles. Tu ne trouves pas ?

– Je sens qu'on va bien s'amuser, apprécia-t-elle.

– Allez, rigolos, direction la chambre.

Comme ils ne bougeaient ni l'un ni l'autre, il poussa Yohan. Tous quatre se retrouvèrent dans une pièce bonbonnière. Murs rose saumon, grand lit recouvert d'un dessus en satin crème, moquette haute laine grise, commode, fauteuils en rotin blanc.

– Une vraie chambre de gonzesse, remarqua Ernst. Au fait, qui fait la gonzesse dans votre couple hors nature ? On aimerait bien voir comment vous vous y prenez.

« Nous y voilà », songea Yohan tremblant.

– Vous savez… commença-t-il.

– Il veut parler celui-là ? gronda l'Autrichien. T'as rien à dire. Déshabille-toi. Et toi aussi, ajouta-t-il en direction de Pierre.

Comprenant qu'ils ne pouvaient rien faire d'autre qu'obéir, les deux homos se retrouvèrent bientôt nus comme des vers. D'un mouvement de menton, Ernst leur désigna le lit. Ils s'y dirigèrent et s'assirent chacun d'un côté, les mains sagement posées sur les genoux.

– Et alors ? La suite ! s'impatienta Nina.

Pierre et Yohan se regardèrent. Le premier Pierre comprit qu'ils n'avaient pas d'autre alternative : il leur fallait obéir à ces deux cinglés. Il se pencha sur le dessus de lit en satin, attrapa la main de son amant et l'attira vers lui. Yohan résista légèrement, mais d'un regard impérieux Pierre le força à s'allonger. Il se pencha au-dessus de lui, posa ses lèvres sur les siennes, força sa bouche. Yohan se laissait faire avec répugnance.

Pierre, lui, après les premières minutes de gêne, y trouvait une certaine excitation. Leurs baisers se firent plus passionnés. Leurs corps s'épousaient, s'imbriquaient l'un dans l'autre. Nina suivait, fascinée, la progression d'érection des deux sexes. Un petit bout de langue rose passa sur ses lèvres.

Ernst s'en aperçut. Les deux autres étaient mûrs.

– Je suis certain qu'ils ne savent pas comment c'est avec une femme. Vas-y !

Elle ne se fit pas prier. Quelques secondes, quelques gestes rapides et Nina était nue. Pierre et Yohan, tout à leur désir montant, ne s'étaient aperçus de rien. Pierre eut un mouvement de surprise quand il sentit la peau chaude de la jeune femme contre son dos.

Elle se frotta quelques instants contre lui, caressant ses fesses, les entrouvrant pour y glisser ses doigts. Puis, elle fit basculer Pierre sur le dos et l'enfourcha sans hésiter. Le sexe dur s'enfonça en elle. Sa main droite se tendit vers Yohan dont le regard éberlué suivait les mouvements ascendants et descendants de la jeune femme à califourchon sur son amant qui se laissait faire.

Elle agrippa le sexe de Yohan et lui redonna quelque vigueur avec quelques va-et-vient rapides. Ernst s'était adossé au mur et, les bras croisés, suivait attentivement l'action qu'il avait initiée. Il trouvait sa jouissance dans le regard posé sur sa maîtresse se donnant du plaisir avec un autre. Les yeux de Nina ne le quittaient pas pendant qu'elle s'activait sur les deux sexes. Elle lui dédiait ce moment fabuleux. Sans lui, aurait-elle accédé à une telle volupté ?

La jouissance des trois partenaires explosa en même temps. Quelle synchronisation, pensa Ernst, amusé. Maintenant, il fallait passer aux choses sérieuses.

Nina, lentement, se détacha des deux hommes et vint se coller contre lui. Sa main chercha son sexe. Elle le sentit dur sous le jean et commença à le caresser. Mais Ernst ôta sa main.

– Tout à l'heure. Va dans la cuisine, reviens avec un grand couteau, lui murmura-t-il, à l'oreille.

Elle s'éclipsa. Sur le lit, les deux homos reprenaient leurs esprits. Nina réapparut. Elle tendit le couteau à Ernst. Pierre et Yohan s'étaient redressés et blottis l'un contre l'autre, ils jetaient des regards fous de terreur sur le couple.

– Lequel va commencer, à ton avis ? demanda Ernst à sa compagne.

– Le brun. Celui que j'ai chevauché. Il ne m'a pas assez appréciée. Il faut le punir.

– Donne-lui.

Nina approcha et lui tendit le couteau. Pierre secoua la tête.

– Tu dois le prendre, fit Nina calmement.

– Mais, à la fin, qu'est-ce que vous voulez ?

– Coupe le sexe de ton amant, ordonna Ernst d'une voix dure. Forniquer entre hommes, c'est dégueulasse. Vous ne méritez que ça. Coupe !

Yohan reculait, les yeux fous. Nina attrapa ses jambes et le maintint sur le lit. Puis, elle fixa Pierre et d'un mouvement de tête lui fit signe de s'exécuter.

– Vous êtes complètement cinglés, hurla Pierre en jetant le couteau loin de lui.

Ernst se précipita. Il avait sorti son pic à glace. Il attrapa Pierre par-derrière, l'immobilisa contre lui et d'un mouvement rapide fit quelques estafilades sur sa gorge. Le sang gicla. Pierre cria, Yohan ferma les yeux.

Nina alla ramasser le couteau et le replaça dans la main de Pierre.

– Maintenant, tu y vas. Sinon, ce sera terrible pour toi. Ceci n'est rien. Un simple avertissement.

Elle se plaça à la tête de Yohan et plaqua sa main sur la bouche du jeune homme. Pierre, fou de terreur, ne réfléchissait plus. Il ne savait plus qu'obéir. Le couteau trancha le sexe d'un coup sec.

– Maintenant mange, ordonna Ernst.

D'un geste hésitant, Pierre porta le sexe de Yohan à sa bouche. Ernst bondit sur lui. Mais Pierre avait repris ses esprits. Ses cours de karaté allaient enfin servir. D'un coup de reins, il se débarrassa de l'Autrichien, l'envoya au tapis et se jeta sur lui.

Nina ne lâchait pas Yohan qui hurlait sous la main qui étouffait ses cris. Effarée, elle suivait la bagarre. Son amant était loin d'avoir le dessus. Ernst comprenait qu'il ne s'en tirerait pas.

Entre deux prises de karaté, il lança :

– On se tire !

Il esquiva l'attaque de Pierre. Nina avait déjà foncé vers la porte. Ernst la suivit. Ils dégringolèrent les deux étages, se ruèrent dans le hall. Nina ouvrit la porte. Elle traversa en courant. Derrière elle, Ernst s'était arrêté quelques secondes. Quand il la rejoignit et qu'ils enfourchèrent la moto, elle ne prit pas la peine de lui demander ce qu'il avait fait. Ils disparurent dans l'avenue.

Pierre, sans se préoccuper de Yohan, s'était élancé, lui aussi dans l'escalier. Il s'arrêta devant la loge et tambourina à la porte. Plus que les coups sur la porte, les aboiements de sa chienne réveillèrent madame Marthe. Elle prit la peine d'enfiler une robe de chambre à fleurs et se précipita.

– Que se passe-t-il ? jeta-t-elle en poussant les verrous.

Elle ouvrit le battant.

– Mon Dieu… murmura-t-elle en découvrant le visage de Pierre, ensanglanté, les yeux hagards.

– Vite, une ambulance, jeta-t-il dans un souffle.

– Oui… Oui… balbutia-t-elle en se hâtant vers le téléphone.

Les pompiers ne furent pas longs à répondre. Elle donna l'adresse et raccrocha.

– Ils arrivent, balbutia-t-elle. Mais que s'est-il passé ?

– Deux fous qui nous ont agressés. C'est affreux, affreux... articula Pierre difficilement. Je remonte vers Yohan.

– Et moi, décida madame Marthe, je vais chercher l'inspecteur.

Elle ferma sa loge, grimpa les six étages et sonna chez Le Goënec. Il fut long à émerger de son sommeil. Quand il ouvrit la porte, il posa un regard inquiet sur la gardienne.

– Madame Marthe... Vous êtes malade ?

– Non. On a besoin de vos compétences professionnelles. Il y a eu un drame chez les petits du deuxième.

– J'enfile un pantalon. J'arrive.

Il atteignit l'appartement du second en même temps que les pompiers. Pierre, assis sur le lit, tenait la main de Yohan qui avait perdu connaissance. Le satin crème s'était teinté de rouge. Le sang coulait jusque sur la moquette grise. Les pompiers s'affairaient. Le Celte les laissa emporter le brancard avant de se tourner vers Pierre.

– Racontez ce qui s'est passé.

– Non, pas maintenant. Je vais à l'hôpital avec lui. Tout à l'heure.

Loïc quitta l'appartement derrière lui. En compagnie de madame Marthe, ils accompagnèrent les pompiers jusqu'à l'ambulance, la regardèrent partir avant de revenir vers l'immeuble. C'est alors que Loïc vit l'inscription.

Tracés au feutre noir, les trois chiffres barraient le portail en bois. 666 ! Le nombre du mal.

CHAPITRE X

Tavernier tenait à deux mains la photo que Valérie avait prise du portail du 163 avenue du Maine. À côté, posées sur la table, les photos des autres numéros 666 gravés dans la chair des victimes. Le nez froncé, son œil d'aigle bien ouvert, il comparait le tracé des chiffres. Il était tellement concentré qu'il en oubliait les sacrées gauloises, pour le plus grand bonheur de ses adjoints.

Loïc se tenait debout derrière lui et scrutait les photos par-dessus son épaule.

– Pour l'un, les trois 6 sont taillés dans la peau. Les plaies sont boursouflées, ensanglantées. Pour le second, c'est net ; taillé dans le bois.

Le commissaire hocha la tête.

– Difficile…

Le Celte pointa son index sur l'une des photos.

– Regardez. Dans les deux cas, une similitude flagrante : les trois chiffres vont decrescendo. Comparez la grandeur du premier et celle du dernier.

– Tu as raison, admit Tavernier. Les trois chiffres suivent presque une diagonale.

– Et les queues des 6 commencent comme une crosse, très enroulées.

Le patron opina du chef, ponctué d'un léger grognement affirmatif.

– Donc, c'est bien la même personne qui a tracé ces deux nombres.

– Trois, patron ? Vous oubliez celui du couvent, en Autriche.

Tavernier tendit la main vers une autre photo, étala les trois clichés côte à côte et les observa longuement. Loïc se redressa et passant au milieu de la pièce, il l'arpenta en grognant :

– Comment il a eu mon adresse cet enfoiré ?

Depuis hier cette question lui pourrissait la vie.

– Il me cherche. Il me défie. C'est bien dans la psychologie du personnage. Mais pourquoi s'en prendre à ces deux pauvres bougres ?

– Justement… pour te prouver qu'il est là, sur ton dos. Qu'il peut faire n'importe quoi. À ton nez et à ta barbe.

– Bref, il se fout de moi.

– On peut dire ça comme ça, admit Tavernier, à contrecœur.

Du coup, il allongea la main vers le paquet de gauloises. Le Zippo émit un léger clic et le panache de fumée bleutée envahit l'espace.

Il y eut quelques secondes de silence, chacun

perdu dans ses pensées, aussi noires les unes que les autres.

– Tu es en danger, fils, maugréa enfin le commissaire.

Loïc s'immobilisa et le regarda. Leurs yeux se croisèrent.

– Oui. La prochaine victime, ce sera toi. Tu es allé le défier jusque dans son fief, Vienne. Les journaux ont passé ta photo, là-bas. On peut même parier que c'est de ta faute s'il a dû s'exiler en France. Et pourquoi aurait-il choisi la France plutôt que l'Italie, ou l'Espagne, ou l'Angleterre, hein ?

Tavernier pointa son index vers le capitaine.

– Pour se mesurer à toi. Il est dans une compétition, tu comprends ? Il veut se prouver, et te prouver, qu'il est le plus fort. D'où les risques qu'il prend.

– Vous raisonnez bien, patron.

Tavernier, malgré la situation dramatique, eut un sourire.

– C'est pour ça que je suis commissaire, fils.

– Sa présence au procès de son adepte Ludo était d'une incroyable audace. Un pari fou.

– Un risque dans lequel il s'éclate, sois-en sûr.

Loïc reprit son va-et-vient. Ça lui mettait les idées en place.

– On s'est repérés, reconnus dans la salle d'audience. Et c'est là, bien sûr, qu'il m'a suivi après m'avoir astucieusement semé, le con !

La colère le prenait à ce souvenir.

– Mes pauvres voisins sont sortis au moment où je rentrais. Malheureusement pour eux.

– Eh oui ! L'occasion était trop belle. Un couple d'homos, catégorie que les néo-nazis détestent, et l'opportunité de te faire un pied de nez. Son ego surdimensionné n'allait pas laisser passer ça.

– Mais admettons qu'il m'en veuille, pourquoi ne pas s'en prendre directement à moi ?

– Ça n'aurait pas été amusant. Et trop direct. Ce n'est pas ce qu'il cherche avec toi. Il joue. Il est le chat, tu es la souris. Il frappera quand il voudra se prouver qu'il t'est supérieur.

Le commissaire écrasa son mégot et se leva.

– Tu es en danger, je te le répète. Et pas question de prendre le moindre risque. À partir de maintenant, tu es sous haute surveillance.

– Oh ! Patron… ! Je suis assez grand…

– Tu ne discutes pas. Je te fais filer et surveiller nuit et jour, comme n'importe lequel de nos clients.

– Je veux continuer à travailler sur ce dossier. C'est mon affaire, se rebella le capitaine.

– À voir, répondit Tavernier, laconique.

****

Le procès Ludo se poursuivait. Tavernier avait

interdit à Loïc de s'y pointer. Tarou, sans doute repéré, était frappé de la même interdiction. Tous deux avaient fourni à Valérie tous les éléments en leur possession, permettant de reconnaître et Teufel et sa compagne. Le verdict tomberait en fin de journée.

Au 36 quai des Orfèvres, dans le bureau du commissaire, l'attente était éprouvante. Ils buvaient café sur café, le patron grillait les gauloises les unes à la suite des autres. Le paquet ne ferait certainement pas la journée.

Ernst, dans son délire de surpuissance, ne doutait de rien. Mais Nina veillait. Elle ne voulait pas le perdre son homme. Et, surtout, elle n'apprécierait pas la prison. Donc, pas question de prendre des risques. Et, pour une fois, Ernst s'était rendu à ses arguments.

Elle sortit du métro Cité sur la petite place. Le marché aux fleurs étalait sa verdure sur le bitume. Quelques touristes prenaient des photos de ce marché que leur vantaient les guides. Nina ne s'attarda pas. De l'autre côté de la place, la proximité de la Préfecture de police ne la mettait pas très à l'aise. Elle fila vers le boulevard. En face, de l'autre côté de la chaussée, la masse orgueilleuse du Palais de justice. Elle traversa sagement quand c'était vert pour les piétons et se présenta à l'entrée. Deux agents en uniforme fouillaient systématiquement les sacs.

Nina se coula dans la foule et passa le contrôle, sans piper.

Valérie était déjà en place quand le public entra. Ce qui lui donnait le loisir de dévisager chacun. Des curieux de tous âges, de toute catégorie. Qu'est-ce qui pouvait attirer les gens dans ce procès ? Elle savait qu'il y avait des fanatiques qui n'auraient raté pour rien une audience du parquet. Et puis, il y avait les désœuvrés, les maniaques qui, ensuite, consignaient dans des cahiers le déroulement du procès, les dépositions des témoins, les interventions des avocats, le réquisitoire, la plaidoirie et enfin le verdict. Pour en faire quoi ? Un livre ? Pas forcément.

Elle en était là de ses réflexions quand Nina entra dans la salle. Valérie, en accrochant ce visage, sentit une vibration dans tout son être. Le tatouage de la petite rose sur la tempe droite, le petit diamant dans la narine, la lourde crinière brune... Tout y était. Le copain devait suivre. Mais derrière Nina, pas de grand type rasé. Son regard scruta la foule, un par un. Rien. Elle était donc venue seule. Elle la regarda prendre place à l'extrémité du banc du fond, avant de sortir discrètement.

Dans le couloir, elle s'isola pour téléphoner à Loïc.

– La fille est là, mais pas le gars.

– Tu en es certaine ?

– Absolument.

– C'est donc qu'il se méfie. Retourne dans la salle, ne la quitte pas des yeux. Attention, c'est une rouée. On arrive. On te tiendra au courant du type d'intervention que nous allons mettre en place.

Valérie réintégra la salle juste avant que le greffier n'annonce d'une voix forte :

– Messieurs, la Cour.

Le Président, les juges, firent une entrée solennelle devant la foule debout. La séance pouvait commencer.

Tout le monde se rassit, et chacun y alla de son petit discours. Les témoins, les avocats, le président. Valérie se fichait de ce qui se disait. Ses seules préoccupations : le téléphone qu'elle avait mis sur vibreur, et Nina qu'elle fixait avec obstination.

La jeune Autrichienne, après un bon quart d'heure d'audience, se sentit de plus en plus mal à l'aise. Elle était à la fois fière et paniquée d'être seule ici, avec ces policiers partout. Sans la protection d'Ernst, elle se sentait si vulnérable. Mais il fallait qu'elle lui fasse honneur, qu'il soit fier d'elle. Elle ne faillirait pas.

Comme souvent, quand on est observé avec trop d'insistance, un sixième sens nous avertit de cette attention indiscrète dont nous faisons l'objet. Nina sentit que des yeux scrutateurs ne la lâchaient pas. Elle tourna la tête et se heurta au regard de Valérie. Celle-ci reporta aussitôt son attention sur le procureur qui s'agitait en face d'elle. Elle avait fait vite. Mais son mouvement rapide n'avait pas échappé à Nina aux aguets. Elle frémit. Une fliquette ? Où était le beau gosse qui les avait repérés voici deux jours, et qu'ils avaient semé en beauté ?

Son regard fit le tour de l'assistance, sans le découvrir. Elle revint rapidement sur Valérie et, à nouveau, l'espace d'une seconde, leurs yeux se rencontrèrent. Avant de prendre une décision, Nina renouvela l'expérience à trois reprises. Et chaque fois, elle prit de vitesse la fliquette et se heurta à son regard. Que ferait Ernst en pareille circonstance ? Elle palpa son téléphone, au fond de sa poche. Mais interdit de s'en servir. Une fois encore, elle se tourna vers Valérie, happa ses yeux bleus. Dès que celle-ci détourna la tête, Nina se leva et se glissa, en se baissant, vers la porte. Elle montra son téléphone au policier en faction devant le battant. Il lui ouvrit.

Dans le hall, quelques personnes discutaient par petits groupes à voix basse. Nina rempocha son mobile. Non, elle n'appellerait pas Ernst, elle se débrouillerait toute seule. Première précaution : ne pas rester dans les parages. La fliquette devait déjà s'être aperçue de sa disparition. Elle ne tarderait pas à fouiner par ici.

Nina tourna dans un couloir à droite, au hasard, et s'éloigna rapidement de la salle d'audience. Il fallait quitter le Palais au plus vite. Tout en se hâtant, elle réfléchissait. Triple gourde ! Elle n'est pas toute seule, cette meuf ! Ses collègues doivent être planqués à la sortie. Ils ont tendu un filet dans lequel elle va se jeter comme un vulgaire poisson si elle ne fait pas fonctionner ses méninges.

Elle marchait vite, ne perdant rien de l'environnement, à l'affût de ce qui pourrait l'aider. Une jeune avocate marchait devant, des dossiers sur son bras replié, l'autre tenant une serviette de cuir noir. La robe voletait à chacun de ses pas. Nina se mit à la suivre, aussi discrètement que possible.

Dans ces couloirs, loin des salles d'audience, il n'y avait plus grand monde. L'avocate s'arrêta bientôt devant une porte. Elle sortit une clé et ouvrit. Nina inspecta à droite et à gauche. Personne. Elle se précipita sur la jeune femme, la poussa à l'intérieur et referma vivement.

– Mais… tenta l'avocate en reprenant son équilibre.

Nina ne lui laissa pas le loisir d'en dire plus. Ses doigts s'étaient refermés sur la nuque de la jeune femme, juste ce qu'il fallait pour lui couper la respiration. L'avocate eut un hoquet, les dossiers valsèrent à travers la pièce, la serviette en cuir cogna le plancher. Elle leva ses mains vers cette poigne pour s'en dégager, sans pouvoir rien atteindre. Les yeux exorbités, elle s'affaissa doucement aux pieds de Nina.

Cette dernière ne perdit pas de temps à contempler son œuvre. Sa victime se réveillerait dans une bonne demi-heure. De quoi lui laisser le temps d'être loin de ce quartier.

Nina se pencha, la retourna, chercha l'agrafe de la robe, l'en dépouilla et l'enfila. Puis, elle éparpilla ses cheveux sur son front pour cacher le tatouage, ramassa le reste de la tignasse en une tresse qu'elle entortilla tant bien que mal sur le sommet du crâne, en priant le Diable, leur maître, qu'ils tiennent le temps nécessaire.

À quatre pattes, elle ramassa les dossiers, en fit soigneusement une pile qu'elle cala sur son bras et empoigna la serviette de cuir. Debout, face à la porte, elle prit une profonde inspiration et ouvrit.

Le couloir était toujours aussi désert. Sans hésiter, Nina refit le chemin en sens inverse.

Valérie eut un coup de poignard au cœur quand elle reporta son regard sur Nina et qu'elle découvrit une place vide. Elle se leva d'un bond et quitta la salle presque en courant. Comment avait fait cette petite garce pour disparaître en trois secondes ? Elle ne pouvait pas être bien loin.

Valérie se retrouva dans le hall. Elle en sonda chaque recoin, chaque groupe. Rien ! À ce moment, son téléphone vibra au fond de sa poche. Elle le prit, aboya dedans : « oui », et se radoucit en entendant Le Celte.

– Alors, je t'explique, commença celui-ci.

– Attends, l'interrompit-elle. La demoiselle a mis les bouts.

– Quoi ! hurla Loïc à lui faire péter les tympans. Je t'avais dit de ne pas la quitter des yeux.

– C'est ce que j'ai fait, bon Dieu, cria-t-elle à son tour.

Quelques personnes tournèrent la tête vers elle. Elle reprit, plus bas :

– Elle m'avait repérée. Donc, quand elle tournait la tête vers moi, je détournais les yeux. Elle a profité de ces quelques secondes.

– Et tu es où, là, maintenant ?

– Ben, je suis sortie de la salle. Je suis dans le hall. Et, putain, je ne la vois pas.

À l'autre bout, Le Celte tâchait de reprendre son sang-froid.

– Ne panique pas. Sors du Palais. Attends-nous sur les marches. Nous arrivons.

Sans cesser d'inspecter autour d'elle, elle obéit.

Nina s'astreignait à marcher calmement. Les avocats qui la croisaient lui lançaient des regards surpris. Quelle était cette consœur inconnue ? Une avocate de province, peut-être… Heureusement, pas un ne l'aborda. À travers les nombreux couloirs qui ressemblaient fort à un labyrinthe, elle se retrouva enfin dans le grand hall grouillant de monde. Avocats, juges, clients, policiers en tenue, tout se mêlait. Elle se raidit. Attention… Il fallait redoubler de prudence.

Et soudain, son regard capta la petite fliquette. Elle était en haut des marches et semblait attendre. Nina hésita. Fallait-il trouver une autre sortie ou tenter le diable ?

Montant les escaliers quatre à quatre, elle reconnut le beau gosse, suivi, poussivement, par son collègue barbu. Ils rejoignirent la fliquette. Nina, à moitié cachée derrière une colonne, suivait les palabres entre les trois flics.

Le beau gosse faisait de grands gestes, à droite, à gauche, comme un général qui déploie ses troupes. Le palais devait grouiller de flics à sa recherche. Il ne fallait pas moisir dans ce lieu. Nina pensa à Ernst. Que ferait-il ? Il passerait, bravement, les défiant. Elle redressa le buste, décolla de la colonne qui la cachait et avança, d'abord hésitante, puis de plus en plus décidée. C'était une partie de roulette russe. Ça passait ou ça cassait, mais c'était diablement excitant.

Elle s'avança vers le perron, sortit dans la lumière de la cour. Ses yeux passaient à intervalles réguliers sur les trois flics. Elle remit ses mèches sur son tatouage, baissa la tête, le nez caché par la main, et descendit à trois mètres d'eux. Quelle jouissance ! Elle traversa d'un pas ferme, passa les grilles. Ouf ! Le trottoir du boulevard.

Maintenant, il fallait se débarrasser de cette robe trop repérable. Elle entra dans le premier bistrot venu, descendit directement aux toilettes où elle s'enferma. C'est une jeune femme à la mine audacieuse et arrogante qui en sortit quelques minutes plus tard. Celle qui prendrait la succession de ce petit endroit intime trouverait une robe d'avocat, un paquet de dossiers et une serviette en cuir, abandonnés sur le carrelage.

****

Après avoir quitté la villa de banlieue, Ernst et Nina avaient trouvé refuge dans un studio meublé, dans le quartier des Halles.

Sur le lit, Nina était allongée sur le ventre. Ernst mordillait ses fesses. Tous deux étaient aussi nus qu'au premier jour. La bouche de Teufel remonta le long de la colonne vertébrale et se perdit dans la nuque. Nina se retourna et effectua une savante rotation pour que sa bouche se retrouve à la hauteur du sexe d'Ernst. Elle le happa goulûment. La langue de son amant caressa sa corolle intime. Leur plaisir montait pareillement. Juste avant l'explosion finale, ils virèrent, les corps ne faisant plus qu'un quand le sexe dur d'Ernst pénétra Nina, la soulevant du lit, pour mieux la remplir.

Quelques secondes d'emballement et leurs cris envahirent l'espace. Ils restèrent longtemps collés l'un à l'autre, mêlant leur sueur, récupérant un souffle régulier. Puis, Ernst se leva, alla jusqu'à la kitchenette. Les subsides versées mensuellement et généreusement par papa Weiner se métamorphosaient souvent en champagne. Les deux jeunes gens y étaient accros, autant qu'à l'héroïne.

La bouteille ouverte rafraîchissait dans le seau à glace. Ernst la prit et revint vers le lit. A genoux aux côtés de Nina il pencha la bouteille et versa goutte à goutte le précieux liquide sur son ventre. Elle éclata de rire, se redressa, attrapa la bouteille d'un geste impérieux, et la secoua avec énergie. Puis, elle en aspergea son amant. Bientôt tous deux baignèrent dans le champagne. C'était super de gaspiller quand d'autres bouteilles attendaient sagement leur bon plaisir au frigo.

– On les a bien eus ces flics de merde. Nous virons en tête, s'esclaffa Ernst.

– Et maintenant, qu'est-ce qu'on va faire ?

– Continuer à rigoler, ma belle ! Vitesse supérieure à partir de demain. On va se le faire ce petit flic, je te le promets.

– Avec les Soldats ?

Il se pencha au-dessus d'elle, lécha le champagne sur son épaule.

– Non… rien que nous deux.

CHAPITRE XI

L'agent en uniforme, en faction devant le 163 de l'avenue du Maine, jeta un regard vague à la moto noire qui se rangea sagement sur le parking réservé aux deux roues, non loin du 163. Il vit le conducteur casqué s'éloigner en sens inverse et il reprit sa rêverie. Le collègue viendrait le relever dans deux heures. Un laps de temps suffisamment long pour avoir le sentiment de s'ennuyer.

Grandjean occupait ses heures de loisir dans une chorale. Il commença à chantonner et à tenter de se rappeler ce qu'ils avaient appris lors de la dernière séance. Comme il ne faisait pas chaud ce soir, il arpenta le trottoir en chantant doucement, changeant de sens tous les dix pas. Le grand portail de bois verni devant lequel il déambulait avait retrouver une seconde virginité. Le syndic de l'immeuble avait fait le nécessaire pour que ce « 666 » infamant soit rapidement effacé.

Là-haut, dans le petit deux pièces du sixième étage, Tavernier terminait une potée aux choux préparée par madame Marthe, qui n'avait pas résisté au plaisir de montrer ses talents culinaires au commissaire.

– C'est gentil, patron, de me tenir compagnie, remarqua Loïc en sauçant son assiette.

– C'est pas gentil, c'est prudent. Et je m'écouterais, je coucherais ici.

– Pas dans mon lit, tout de même.

– Non… Je ronfle, avoua Tavernier en grimaçant. Ce qui fait râler ma femme.

– Je la comprends. Et elle va doublement râler. Ça fait deux soirées consécutives que vous passez avec moi. La laisser dîner seule, c'est pas très sympa.

– T'occupe ! Ce sont mes affaires.

– Tout de même, elle va m'en vouloir.

– Et alors, explosa Tavernier, quand je suis en planque toute la nuit, c'est pareil. Je suis ici en service commandé.

Loïc masqua un sourire. Dans le fond, ça devait lui faire du bien au patron de se soustraire un peu à l'omniprésence d'Edwige. Lui qui ne faisait plus beaucoup de planques, ça devait lui rappeler sa jeunesse.

Tavernier se renversa contre le dossier de sa chaise avec un sourire de satisfaction. Il posa une main sur son estomac.

– Edwige est bonne cuisinière, mais ta gardienne…

– Si je l'écoutais, c'est tous les soirs que j'aurais mon plat préparé.

– Tu as de la chance.

Il tira son paquet de gauloises et le levant devant lui :

– Je peux, demanda-t-il.

Le Goënec sourit.

– Dites donc, patron, au bureau, vous faites moins de manières.

– Au bureau, je suis chez moi, et je me fous des interdictions.

– On s'en était aperçu.

– Il faudrait que je réduise, je le sais. Mon médecin n'arrête pas de me le dire. Que veux-tu, on n'a qu'une vie !

Il alluma sa cigarette, en tira une longue bouffée. Loïc s'était levé pour aller dégoter un cendrier, et ouvrir la fenêtre.

– Donc, demain, je te prends à 10 heures. Direction Amazy. Le Baron a des éléments à nous fournir. Vienne lui a envoyé des informations qui pourraient accélérer le dénouement.

– Des éléments fournis par Minkowski ? Là, je l'aurais mauvaise.

– Non. Je crois que, grâce à un ami commun, il a pu joindre le juge Weinberg.

Tavernier écrasa son mégot et se leva.

– Nous en saurons plus demain. Allez, fils, dors bien.

Loïc se leva à son tour et le raccompagna jusqu'à la porte.

– Attention, patron, les escaliers sont glissants. Madame Marthe est non seulement une bonne cuisinière, mais aussi une redoutable cireuse de parquet.

Le commissaire lui fit un signe de la main et disparut dans la spirale des escaliers. Loïc referma doucement la porte. Malgré la fenêtre ouverte, ça empestait le tabac. Il prit une bombe de désodorisant et pulvérisa le produit dans le salon. Puis il alla refermer la fenêtre.

Il aurait fallu qu'il se penche pour apercevoir la silhouette brune qui s'éloignait de toit en toit, avec une habileté de chat.

****

La Laguna filait bon train sur l'autoroute A . Le lecteur de CD marchait à fond. La demi-heure celte venait de s'achever et l'accordéon s'emballait dans un paso doble célèbre. Ni Loïc ni Tavernier n'auraient failli à cette règle d'alternance.

Aucun des deux n'avait pris garde à la moto qui les suivait depuis Paris. Il faut dire que le conducteur se montrait d'une prudence et d'une ingéniosité diaboliques. Ce fut plus périlleux quand ils s'engagèrent sur la départementale, peu fréquentée. Ernst avait eu la prudence de se munir d'un GPS. Il pianota Amazy et, obéissant, le petit appareil afficha l'itinéraire. La moto doubla la Laguna et se perdit bien vite dans les virages de la route. Il attendrait, planqué à l'entrée du village.

Il fallut trois bons quart d'heure à la Renault avant de s'engager dans l'allée bordée de peupliers qui conduisait à la gentilhommière restaurée par Le Baron.

Georges, le majordome sanglé dans sa veste blanche, Saturne le berger allemand, le feu dans la cheminée de la bibliothèque, Le Baron impeccable dans son blazer anglais, son foulard en cachemire autour du cou, le rituel de chacune de leurs visites était bien là, immuable. Le whisky rare pour le commissaire, le Bordeaux millésimé pour Le Goënec, le thé earl grey pour Le Baron… l'entrevue pouvait commencer.

Le Baron but délicatement une gorgée de thé brûlant et regardant ses deux interlocuteurs :

– Mon ami Gaëtan de Bonneuil s'impatiente. Il craint que le temps passant, l'assassinat de sa sœur Mère Marie-Agnès ne reste impuni. Où en sommes-nous ?

Tavernier posa son verre de whisky.

– Nous connaissons le chef des « Soldats de Satan ». Il a eu l'outrecuidance d'assister au procès du membre de sa bande. Malheureusement, il est malin et il nous a filé entre les pattes. Sa petite amie de même, dut avouer le commissaire à contrecœur.

Il n'aimait pas reconnaître ses faiblesses devant Le Baron. Cet homme ne les avait-il pas engagés dans l'association Phœnix pour leur compétence ?

– Nous avons transmis le portrait robot de notre homme à notre collègue le commissaire Minkowski, à Vienne. Il pense qu'il s'agit du chef de la bande qui s'est introduit dans le couvent. Depuis, il ne fait plus parler de lui, mais Minkowski a pu savoir que ce type avait quitté l'Autriche. C'est donc bien la même personne que nous traquons. Hélas, pour l'instant, nous n'avons pas pu le localiser.

Fallait-il parler de ce jeu du chat et de la souris auquel se livrait Teufel avec Le Celte ? Les deux policiers échangèrent un regard et décidèrent de passer cet épisode sous silence.

– Il s'agit du fils d'un juge célèbre, continua Le Celte.

– Exact. Le juge Otto Weinberg, déclara Le Baron. De Bonneuil a remué ciel et terre pour avoir ce nom que vous aviez déjà. Vous auriez pu me tenir au courant.

Les deux policiers se mordirent les lèvres.

– Par un de mes amis, j'ai pu entrer en contact avec le juge Weinberg. Cet homme est accablé, honteux. Il se sent responsable. Il a cru que son fils, en quittant l'Autriche, s'assagirait. Et pour ne plus en entendre parler, il lui verse régulièrement une rente.

Tavernier bondit.

– Donc, il a une banque. Par ce biais, nous pourrons le coincer.

– Mon cher commissaire, n'oubliez pas les distributeurs automatiques. Le banquier ne le voit jamais. Mais il envoie les relevés de compte à une adresse. Vous pouvez toujours essayer. Si elle n'est pas fictive.

– Nous allons faire bloquer sa carte bancaire. Il sera bien obligé de se manifester. Ensuite, à nous de jouer.

Le Baron se leva.

– Une fois de plus, vous avez toute ma confiance. Mais faites vite.

****

Ernst avait décidé d'agir cette nuit. La visite des deux policiers chez ce vieux beau, en province, ne lui disait rien de bon. Et puis, il avait hâte de se mesurer vraiment avec ce beau gosse, comme l'appelait Nina. Hâte de savourer sa victoire.

Il était presque minuit. Tarou venait de quitter le petit deux pièces de Loïc. Ils avaient savouré ensemble le petit salé aux lentilles de madame Marthe. À Los Angeles, il était à peu près 15 heures. La bonne heure pour appeler Florence, en reportage là-bas.

Il s'installa confortablement dans le canapé et composa le numéro de portable de son amie. Elle répondit tout de suite.

– Enfin toi ! s'exclama-t-elle.

– Eh ! On se calme… Que se passe-t-il ?

– Depuis que tu m'as raconté cette affreuse histoire de tes voisins, je ne dors plus. Je suis très inquiète pour toi.

– Comme si je ne savais pas me défendre. Et puis, Tavernier veille. Je suis devenu un personnage important avec un planton en permanence devant ma porte.

– Tu prends ça à la légère pour me rassurer.

– Mais non, mon amour. Et toi, comment ça se passe ?

– Plutôt bien. Tout le monde est très coopératif. Je pense que j'aurai un bon reportage.

– Tu rentres quand ?

– Dans une semaine.

– Quoi ! Encore tout ce temps sans toi ! Tu devais rentrer cette semaine.

– Exact ! Mais je prolonge, car il se passe des choses intéressantes que je ne veux pas rater.

– Dis donc, tu n'aurais pas rencontré un beau blond, sportif ?

Flo éclata de rire et c'était bon d'entendre son rire.

– Tu me manques, murmura-t-il. Tu ne peux pas imaginer combien.

– Oh si ! Parce que pour moi, c'est pareil.

– Tu es en plein boulot ?

– Oui, on vient me chercher pour aller à Santa Barbara.

– Et moi, je vais me coucher… seul…

– Bonne nuit, mon amour, fit-elle, moqueuse. Je t'aime…

– Itou… chuchota-t-il.

Il raccrocha à regret, rêva quelques minutes, les yeux au plafond, à la fête qu'ils se paieraient à son retour. Cette histoire des Soldats de Satan serait peut-être terminée. Pourquoi n'iraient-ils pas quelques jours à Belle Ile ? Il avait bien mérité quelques vacances…

Il passa dans la salle de bains en commençant à se déshabiller, se prépara pour la nuit et, en bâillant, se glissa sous la couverture. Il prit le livre qu'il avait commencé. Un vieux Balzac retrouvé lors de son dernier séjour à Belle Ile. Un livre qui avait dû appartenir à sa mère. Il en lut quelques pages avant d'éteindre et se pelotonna en rêvant à Florence.

Sur les toits, la silhouette souple bondissait sans bruit, progressant vers son but. L'homme, moulé dans une combinaison noire, la tête cagoulée, était d'une agilité peu commune. Quand il fut sur le toit de l'immeuble du 163 de l'avenue, il redoubla de prudence, aussi silencieux qu'un chat.

La première fois, il avait eu quelque mal à repérer exactement la fenêtre qui l'intéressait. Mais cette nuit, il allait confiant, sans hésitation. Le toit de cet immeuble était en partie en terrasse, couvert de gravillons. Il contourna une cheminée, évita l'aspect agressif d'une antenne de télévision, s'immobilisa en apercevant une forme qui se déplaçait, comme lui, en silence. Un miaulement le fit sourire. Un chat en chasse…

Il reprit sa progression en rampant pour éviter le moindre bruit. Il ne devait plus être très loin. Il se repérait aux groupes de cheminées, aux hauteurs des immeubles voisins, au nombre d'antennes. La fenêtre serait-elle ouverte ? C'était son unique point d'interrogation.

Flo portait une robe de mousseline qui flottait au vent du large, laissant deviner ses formes. Elle marchait le long d'une immense plage, les rouleaux de l'océan venant mourir à ses pieds. Elle était légère, aérienne, touchant à peine le sol. Et soudain, un bel éphèbe blond, musclé, taillé comme un Adonis, approchait, l'enlaçait, courbant la taille de la jeune femme contre lui, et elle paraissait y prendre goût…

Loïc se réveilla en sursaut. Il était en sueur. Ils avaient un peu trop arrosé le petit salé de madame Marthe. Il se sentait la gorge sèche et en feu. Un petit salé sacrément salé !

Dans le noir, sans allumer, il se leva, ouvrit la fenêtre, et passa dans la kitchenette pour avaler un grand verre d'eau fraîche. Il fit couler l'eau longtemps avant de la trouver à la température convenable. Ça faisait du bien. Il s'en servit un second qu'il avala cul sec.

C'est quand il se retourna qu'il le vit. Une silhouette noire, menaçante, légèrement courbée, les bras en avant, prête à l'attaque. Avec l'eau qui coulait, il n'avait rien entendu. L'homme était encore près de la fenêtre. Le Goënec eut une pensée pour le patron. Il n'avait pas pensé aux toits. Décidément, l'adversaire était redoutable.

Tous deux en un immobile face à face, sondaient la pénombre. En position, prêts à bondir.

– Teufel ? murmura Le Celte.

– Lui-même, petit Maigret.

– Pas si petit que ça, mon gars, répondit Loïc.

Ernst eut un léger rire sarcastique.

– C'est ce qu'on va voir.

– Tu t'es enfin décidé…

– Dans quelques instants, tu ne t'en réjouiras pas.

– OK ! Allons-y. Je suis prêt.

Loïc se dégagea lentement du bar qui fermait la petite cuisine. Il n'eut pas le temps d'achever le mouvement. Ernst avait déjà bondi, tel un lion, les deux pieds en avant contre la poitrine du Celte, à un mètre au-dessus du sol. Il le plaqua contre le réfrigérateur. Ses mains partirent vers le cou pour sa prise favorite.

Le Celte avait réussi à se dégager. Il se redressa à demi, dominant son adversaire. Mais celui-ci, aussi vif que lui, s'échappa dans un roulé-boulé qui le propulsa derrière le bar. Ils se battaient à l'aveugle, devinant plutôt qu'ils ne voyaient leur agresseur.

Le Celte voulut s'élancer. Ernst leva les jambes, les replia et d'une détente formidable propulsa Loïc contre le mur. Sonné, il mit trois secondes à reprendre ses esprits. Dans le même mouvement, Ernst s'était redressé. Il eut un rire triomphant en voyant Le Celte à sa portée. Il se jeta vers lui, les mains en avant, les doigts crochus, prêts à s'enfoncer dans sa carotide.

Le Celte le reçut de plein fouet. Écrasé contre le mur, il sentit les serres des doigts sur sa trachée. Il ouvrit la bouche pour chercher le souffle qui, déjà, lui manquait. Il n'allait tout de même pas se laisser avoir par ce fou furieux, cette bête malfaisante ?

Dans un sursaut de tout son être, il banda ses muscles et donna un vigoureux coup de genou, qui atteignit Ernst dans sa partie la plus intime. Il eut un cri, se plia en deux, desserra son étreinte et porta ses deux mains à son sexe.

Le Celte avait repris son équilibre. La rage au ventre, c'est des poings qu'il jouait maintenant, mettant à profit les leçons de boxe de son maître. Le gauche, le droit, le gauche, il labourait le visage et l'estomac de son adversaire qui reculait, incapable du moindre geste de défense sous les coups redoublés.

Ernst n'avait jamais eu à faire à aussi forte partie. Entre chaque coup, il tentait de reprendre le dessus, mais l'autre poing arrivait vite et à nouveau le déséquilibrait. Ses yeux étaient injectés de haine. Lui qui se croyait au-dessus de tout, se retrouvait martelé comme un vulgaire punching-ball. Il prit une forte inspiration et lança la jambe droite en direction du visage du flic. Loïc esquissa. Teufel renouvela son attaque, avec le même insuccès. Et cette fois Le Celte parvint à attraper cette jambe et à faire basculer l'Autrichien sur le plancher.

Il allait l'achever. Il ne resterait plus qu'à lui passer les menottes. Mais Ernst s'était déjà redressé. À une défaite cuisante, que son esprit orgueilleux ne pouvait envisager, il préféra la fuite, qui offrait la possibilité de trouver une seconde occasion pour abattre ce petit Français.

En trois enjambées, il fut sur le petit balcon. Il sauta, attrapa le rebord et se hissa sur le toit. Le Celte hésita quelques secondes à prendre le même chemin. Mais ce type avait juré sa mort. Il sauta à son tour et par un rétablissement se retrouva sur le toit.

La silhouette de Teufel était déjà à l'autre bout de la terrasse. Il courut, sauta sur l'autre toit, en contrebas. Ses pieds glissaient dangereusement sur les tuiles humides d'humidité de la nuit. Il s'agrippait aux cheminées, cherchait les aspérités pour éviter toute chute. Devant lui, Ernst filait, à l'aise. Et soudain, Loïc ne le vit plus. Il s'immobilisa, sonda le silence. S'était-il planqué derrière une cheminée pour le prendre par surprise ? Il avança prudemment.

Après quelques minutes angoissantes, la silhouette réapparut, loin devant. Le Celte reprit sa course. Pas longtemps. Il stoppa net au bord du toit. Un vide de dix mètres de profondeur s'ouvrait devant lui. Un vide que l'Autrichien avait sauté avec agilité. Il y avait bien quatre mètres à franchir d'un bond.

La rage au cœur, mais avec raison, Loïc renonça.

CHAPITRE XII

Dans le bureau du quai des Orfèvres, Tavernier, Loïc, Michel Tarou et la petite Valérie restaient muets, accablés. Valérie avait servi une tasse de café à chacun. Ils étaient assis, la tasse entre les mains, songeurs, repassant dans leur tête ce que Loïc avait raconté en arrivant. Le commissaire en oubliait d'allumer une Gauloise.

– Les toits, répéta le patron pour la troisième fois. J'aurais dû y penser.

Il se sentait tellement coupable. Par sa négligence, il avait failli perdre celui qu'il considérait comme son fils.

– Je peux vous dire qu'il mérite bien son surnom de « Teufel » ou diable si vous préférez, dit Le Celte. Ce garçon est redoutable. Fort, astucieux, audacieux, méchant. Je palpais sa haine dans son souffle-même.

– Et maintenant, qu'est-ce qu'on fait ?

– Il faut s'attendre à une nouvelle explosion d'horreur, murmura Tavernier. Il doit être furax d'avoir échoué. Il lui faut panser son orgueil malmené.

Il avala son café froid d'un trait, et tendit la main vers le paquet de cigarettes.

– Ce qu'on fait ? Mais, on continue le combat. On n'a pas l'habitude de baisser les bras.

Il repoussa le paquet de gauloises, sans en prendre une et se leva pour ajouter d'une voix coléreuse :

– Encore moins dans ce cas-là, bon Dieu ! S'attaquer directement à un de mes adjoints !

Il se tourna vers la fenêtre, regarda, sans la voir, la Seine qui coulait paisiblement, avant de faire à nouveau face à son équipe.

– Loïc, dès cet après-midi, tu files à la banque de ce dingue, tu vois avec le directeur comment bloquer sa carte bancaire. Je l'appelle pour lui annoncer ta visite.

– Ça nous servira à quoi ? demanda innocemment Valérie.

– Plus de carte, plus de retrait, plus d'argent. Il va bien être obligé de se présenter à sa banque pour savoir ce qui se passe.

– Et là, on le cueille, acheva Tarou en lissant sa barbe.

– Il nous connaît tous, remarqua Loïc. Dès qu'une de nos bobines va apparaître, il va se faire la malle.

La porte du bureau s'ouvrit à ce moment.

Erhardt, le cinquième membre de l'équipe, apparut, la mèche folle, bronzé comme une gravure de mode, tout l'air d'un play-boy avec sa carrure d'athlète.

– Ravi de vous revoir et de rentrer au bercail, claironna-t-il en serrant les mains.

– Alors, les vacances sont terminées ? demanda Le Goënec.

– Tout a une fin, même les pires situations.

– Dis donc, vu ta mine, ça n'a pas dû être si galère que ça.

– Endroit paradisiaque, hôtel de milliardaire, plages de pub, eau à 30°, mais alors la nana qui m'accompagnait…

– Mieux vaut être seul que mal accompagné, dit Valérie en riant.

– Si j'étais parti avec toi, ça n'aurait pas été mieux.

– Eh bien, on te retrouve, marmonna Loïc. Toujours pince-sans-rire, et toujours à titiller cette pauvre Valérie.

– Ne t'en fais pas ! Elle sait se défendre.

Tavernier ne s'était pas mêlé de ces retrouvailles. Il s'était à nouveau installé derrière son bureau.

– Tu arrives à point nommé, toi ! Voilà notre homme, annonça-t-il à l'équipe. C'est toi qui planqueras dans la banque. Cet après-midi tu t'y rendras avec Loïc.

– Ça démarre sur les chapeaux de roues ! s'exclama Erhardt.

– Oui. Figure-toi qu'on est plutôt furax, commença Valérie.

Et chacun y alla de son petit chapitre pour raconter l'affaire qui les préoccupait, jusqu'à l'agression de cette nuit, chez Le Celte.

****

De l'un à l'autre, le téléphone avait admirablement fonctionné, comme d'habitude. Ernst avait averti Hervé, qui avait averti Mauren, laquelle avait appelé Camille, qui avait joint Julien, et enfin Arthur. Manquaient Ludo et Mimi.

Ernst ne pouvait que se féliciter du cloisonnement mis en place. Sinon, ils seraient sous les verrous.

Ils étaient arrivés les uns après les autres, comme convenu, les rendez-vous étant donnés de quart d'heure en quart d'heure.

Bagneux était une banlieue sordide, comme beaucoup d'entre elles. De grandes cités sans âme, des hypermarchés, allant de l'alimentation au bricolage, des centres commerciaux alternant avec des centres industriels, bref un ramassis de laideurs.

Mais Bagneux avait un attrait tout particulier pour Ernst : le cimetière juif.

C'est là qu'ils se dirigèrent après avoir planqué les motos dans divers endroits, pour éviter de se faire repérer. À minuit, les grilles, naturellement, étaient fermées. Les escalader fut pour eux un jeu d'enfant.

Comme dans les films d'horreur, c'était une nuit de pleine lune. Des reflets argentés, irréels, nappaient les tombes alignées le long d'allées de sable, tirées au cordeau. Ernst marchait en tête, suivi de Nina, puis de toute la bande, menée par Hervé, qui se considérait comme le second de Teufel.

Ils allaient silencieux, souples, tels des chats en chasse. Dans la pénombre, impossible de distinguer les noms gravés en doré sur les plaques de marbre. Mais ils s'en foutaient. Que ce soient des Levy, des Cohen, des Rosenthal, pour eux, c'était du pareil au même. Ils étaient venus pour casser, pour que demain, leur haine s'imprime sur la une de tous les canards.

Dans le caveau de l'allée 30, emplacement 12, Marguerite et Etienne avaient leurs habitudes, par les froides nuits d'hiver. Et il faut dire que cette lune blafarde, ce soir, s'accompagnait d'un petit air frisquet qui gelait tout ce qui dépassait. Ils avaient entassé leurs baluchons devant l'entrée à peine fermée, pour tenter de garder un peu de chaleur à l'intérieur de ce trou sombre. Des sacs plastique, de vieux cabas effilochés, remplis de hardes qu'ils se traînaient au long des rues toute la sainte journée.

La rue, ils connaissaient depuis des années. Ils y avaient leurs manies, leurs horaires, et mêmes leurs commerçants qui leur donnaient volontiers qui une demi-baguette, qui un fromage un peu trop avancé pour la clientèle. Deux, trois pièces par ci, par là… Ma foi, la vie n'était pas si détestable quand on savait s'en débrouiller et surtout ne pas la prendre trop au sérieux.

Marguerite tira un reste de bougie de sa poche et l'alluma. Elle fit couler un peu de cire sur la pierre tombale, sur laquelle ils étaient assis et colla la bougie dessus. Puis, elle frotta ses mains gantées de laine mitée au-dessus de la flamme vacillante.

– T'as froid, remarqua son compagnon. Allez viens ici.

Il l'attira contre lui, posa un baiser sur la joue fripée.

– On va se réchauffer tous les deux.

Il glissa sa main aux ongles noircis de crasse sous la jupe de gros drap, récupérée à l'Armée du Salut.

– Allez, ouvre tes cuisses, quémanda-t-il.

– Tu m'embêtes…

– J'te dis que ça va nous réchauffer. Tu connais un autre moyen gratos, toi ?

À contre-cœur, Marguerite obéit. Une odeur forte chatouilla les narines d'Étienne. Ce n'était pas pour lui déplaire. C'était un parfum familier: celui des laissés-pour-compte. Ses gros doigts rugueux s'insinuèrent sous la culotte qu'elle traînait depuis au moins quinze jours. Marguerite fit la grimace, mais, déjà, ce simple contact la réchauffait. Elle sentit une houle de chaleur lui courir le long du dos quand Etienne releva la jupe et se coucha sur elle. Il prit son membre mou entre ses doigts et le poussa dans l'intimité de Marguerite. Elle l'aida de son mieux, mais le pauvre... ses 20 ans étaient loin...! Enfin, il réussit et s'activa, pressé de retrouver quelque virilité qui le rassurerait.

Soudain Marguerite releva la tête.

– T'as rien entendu? souffla-t-elle.

– Mais non, c'est le vent, marmonna Etienne sans s'arrêter.

Il se sentait soudain d'humeur et entendait bien poursuivre jusqu'au but final.

À trois mètres du caveau, Nina aperçut la première la petite lumière tremblotante, à peine visible. Elle posa sa main sur le bras d'Ernst, qui s'immobilisa. D'un mouvement de tête, elle lui montra la lueur. Il eut un geste de la main pour arrêter la progression de la bande.

Maintenant, tous voyaient la lueur sortant du

caveau. Mauren s'accrocha à Arthur.

– Qu'est-ce que c'est ? souffla-t-elle, la voix mal assurée.

– Un fantôme, sûrement, répondit le garçon, s'amusant de sa frayeur.

Devant, Ernst avait repris sa marche à pas lents et silencieux, attentif à ne pas faire crisser les gravillons de l'allée. Il stoppa devant le caveau. Des halètements leur parvenaient, assourdis. Mauren se pendit davantage au bras d'Arthur.

Le caveau était d'importance. Une sorte de chapelle, fermée d'un grille, qui, pour l'instant, était entrouverte.

D'un geste, le chef leur fit signe de se déployer en demi-cercle. Il approcha et ouvrit la grille en grand. Un double cri sortit de l'antre. Marguerite ouvrit des yeux démesurés sur cet homme campé sur ses jambes légèrement écartées, les bras croisés. Dans la pénombre, les cuisses blanches de Marguerite et le fessier nu d'Étienne devenaient monstrueux.

La bande approcha et ce fut une cascade de rires. Marguerite, maladroitement, tentait de tirer sa jupe sur ses jambes maigres à la peau flétrie. Étienne s'était retourné et abandonnant sa position de mâle dominant, il remontait son pantalon sur ses fesses rebondies.

– Non ! ordonna Ernst. Continue.

– Eh ! On fait pas spectacle, hein !

– Pour nous, si.

Marguerite sentit le danger.

– Fais ce qu'il te dit, chuchota-t-elle à son oreille. Qu'est-ce qu'on en a à foutre ?

Mais Étienne avait sa dignité… Il hésitait.

– Ce sont des affaires privées, tenta-t-il.

– Finis ton ouvrage. Ou c'est nous qui finissons. Sur elle… et sur toi, évidemment.

Ça non, pas question ! Étienne n'avait jamais mangé de ce pain-là ! Il se remit sur Marguerite. Le membre avait perdu toute virilité et refusait obstinément d'entrer dans la caverne. Marguerite y mit la main pour le guider et donna de vigoureux coups de reins pour l'exciter. La bande surveillait leurs efforts en rigolant. Et, ô surprise, malgré ce public perturbant, le sexe d'Étienne reprit quelque vigueur, suffisamment pour se glisser dans l'humide et étroit conduit.

Étienne sentait le désir revenir. Tant pis pour cette bande de louffes… Si ça les amusait de jouer les voyeurs. Il s'acharna sur Marguerite qui, elle, aurait bien voulu être ailleurs. Mais malgré ses efforts, la jouissance finale tardait à venir. La bande les encourageait, à mi-voix. Enfin, Etienne poussa un cri et arrêta ses mouvements. Des bravos accueillirent sa performance.

– Eh bien, tu vois, quand tu veux, remarqua Ernst.

Le couple de sans-abri les regardait, du fond de

leur trou, sans oser bouger.

– Allez, assez rigolé, tonna soudain Ernst. Sortez de là.

Etienne se reculotta vite fait et aida Marguerite à se relever. Ils sortirent du caveau. La bande les entourait.

– Qu'est-ce qu'on va faire d'eux ? demanda Hervé.

– Vas-y, si ça te chante, répondit Ernst avec un mouvement vers Marguerite.

– Oh non, merci ! Elle pue trop.

– Qui se sent d'attaque ? demanda Teufel à la ronde.

– On attraperait des puces ou des poux, marmonna Julien en se détournant.

– Ils vont faire le boulot à notre place, décida Ernst.

Il poussa le couple à travers le cimetière.

– Eh ! Vous avez eu le spectacle que vous vouliez, rechigna Étienne. Alors, foutez-nous la paix. Jouez tout seuls.

Ernst, qui les suivait, lui botta le cul.

– C'est moins drôle.

Ils prirent une allée, puis une autre. Il repéra enfin une tombe.

– Stop ! ordonna-t-il.

Puis, à Etienne :

– Allez, bascule cette pierre.

– Non, mais vous êtes fous ! C'est péché. Et

puis, c'est dix fois trop lourd.

– Mais non !... Tu vas voir que tu vas y arriver.

Il claqua des doigts. Hervé avança vers lui. Un déclic retentit dans la nuit et la lame du couteau à cran d'arrêt brilla dans la lumière blanche de la lune.

– Dis-moi ce que tu préfères, fit Ernst.

Etienne, soudain, tremblait. Sans plus rien dire, il se baissa et tenta de pousser la pierre tombale. Les autres rigolaient en le regardant s'escrimer en vain.

– Tu peux l'aider, fit Ernst à Marguerite.

Elle s'exécuta, sans mot dire. Mais, malgré leurs efforts réunis, la pierre vacillait à peine. Ernst eut alors une autre idée. Il désigna les trois garçons qui s'attelèrent à la tâche. La pierre doucement glissa sur le côté, libérant la cavité. Les garçons ménagèrent un espace suffisamment grand pour se glisser à l'intérieur. Ernst regarda les deux vieux.

– Maintenant, tu vas descendre, ouvrir ce cercueil et en sortir le cadavre.

– Non mais... bafouilla Étienne, devant l'énormité du propos.

Hervé approcha et le plaquant contre lui, il posa le couteau sur sa gorge.

– C'est ça que tu veux ? murmura-t-il.

Bien que la vie ne soit pas toujours rose pour lui, Étienne avait la faiblesse d'y tenir. Il secoua énergiquement la tête.

– Alors, tu obéis. Quand le chef commande, c'est ce qu'on fait, en général.

Il le relâcha, le poussa loin de lui et articula, en faisant la grimace :

– Pouah ! Ce qu'il pue !

Etienne s'assit sur le bord, les jambes pendantes dans le trou, puis, doucement, il se laissa glisser. Mais c'était plus profond qu'il ne pensait. Il tomba en jurant. La bande éclata de rire.

– Pas de mal ? s'enquit Ernst, plein de sollicitude.

Au fond, Etienne, les pieds sur le cercueil, se releva. Par chance, celui-ci était encore en bon état. Le mort ne devait pas être enterré depuis longtemps.

Arthur, penché au-dessus, lui lança une barre de métal pour ouvrir la macabre boîte. Etienne s'y attela. Le bois ne tarda pas à céder. Il repoussa le couvercle sur le côté, et aperçut une vieille femme qui semblait dormir paisiblement dans le satin qui avait dû être blanc.

– Allez, sors-la de là, ordonna Ernst et remonte-la.

L'opération prit plusieurs minutes. Aucun des Soldats de Satan ne lui vint en aide.

Le cadavre fut extrait avec peine de sa boîte. Camilla et Mauren mirent leurs mains sur le nez. Les garçons rigolaient, mais le jeune Julien riait plutôt jaune.

– Sors de là, ordonna Ernst à Etienne.

Avec peine, le vieil homme revint à l'air libre. Ernst sortit une bombe de couleur de sa poche et tagua une énorme croix gammée sur la tombe.

– À la suivante, lança-t-il en faisant signe à sa petite troupe de le suivre.

Il poussa Etienne devant lui. En passant, il taguait les sépultures de croix gammées. Arthur avait pris Marguerite par le bras et la tirait avec eux. Ernst choisit une autre tombe, au hasard. Ses soldats firent glisser le couvercle et Étienne dut, une fois de plus, sauter dans le trou. Cette fois, le cercueil était en miettes, ou presque. L'odeur était pestilentielle. Les garçons eux-mêmes se bouchèrent le nez.

Une fois encore Etienne rechigna.

– Tu peux pas me demander ça, maugréa-t-il, du fond du trou.

– Vas-y.

Fermant les yeux, à tâtons, Etienne attrapa des lambeaux de chair, de vêtements, un os qu'il posait sur le rebord de marbre.

Quand tous ces pauvres restes d'humain furent à l'air libre, Marguerite, qui était restée à l'écart, vomit dans de bruyants raclements de gorge. Son estomac vidé, elle manifesta sa panique en un long hurlement.

Puis, faisant volte-face, elle courut entre les

tombes, fuyant ce lieu d'atrocités et cette bande de fous, aussi vite que le lui permettaient ses vieilles jambes.

Ernst n'eut qu'un geste. Arthur et Julien s'élancèrent à la poursuite de la vieille femme qui louvoyait entre les tombes. Etienne, debout dans le trou, hurla :

– Marguerite, fais pas la conne !

– Ta gueule, lâcha Hervé entre ses dents en lui assenant une claque qui projeta le vieil homme au fond de la tombe.

Ernst s'était campé dans son attitude favorite, bras croisés, jambes légèrement écartées, pour suivre les opérations. Nina, à ses côtés, s'excitait à la poursuite de la vieille femme.

– Allez, Julien, tu vas l'avoir, marmonnait-elle en se rongeant les ongles.

Marguerite traversait le vaste cimetière en trébuchant sur les cailloux. Elle voulait atteindre la maison des gardiens. C'est par là qu'Étienne et elle entraient dans l'enceinte fermée dès 19 heures. Il ne fallut pas longtemps pour que ses jambes ne répondent plus, que le souffle lui manque. Néanmoins, poussée par l'instinct de survie, elle continuait.

Julien sautait par-dessus les tombes pour lui couper le chemin. Et soudain, il fut devant elle, bras et jambes écartées, à lui barrer le passage. Marguerite eut un instant de panique, puis bifurqua sur sa droite… pour se trouver face à Arthur, dans la même position que son copain.

Les deux garçons riaient. La pauvre femme chercha une échappatoire. Mais où qu'elle se tournât ses poursuivants s'y trouvaient. Ils avancèrent vers elle. Arthur la poussa vers Julien qui la lui renvoya, tel un punching-ball.

Marguerite se mit à hurler. Un hurlement qui se répercuta dans tout le cimetière.

Dans un des immeubles qui bordaient le cimetière, Madame Guénard souffrait d'insomnies. Ce soir, comme d'habitude, elle avait pris un comprimé qui, dans les premières heures, la faisait sombrer dans un sommeil artificiel, lourd, peuplé de rêves envahissants.

Elle se réveilla en sursaut, regarda le radio-réveil. Une heure du matin… seulement !… Ces comprimés ne faisaient plus effet. Il faudra en demander d'autres au médecin. Voyons… Quel cauchemar avait-elle fait qui se terminait par ce hurlement qui l'avait tirée brutalement du sommeil ?

Mais soudain, elle sursauta. D'autres cris trouaient la nuit. Ça venait du cimetière. Elle n'avait jamais aimé ce voisinage. Elle se leva doucement, alla à la fenêtre, entrouvrit les volets et jeta un coup d'œil par-dessus la rue et le mur qui clôturait la nécropole… comme si les vivants craignaient que les morts ne s'enfuient...

La lumière blafarde de la lune éclairait les marbres. En sondant la pénombre plus avant, il lui sembla distinguer des silhouettes qui s'agitaient. Et ces hurlements qui reprenaient. Il se passait quelque chose de pas très catholique là-dedans.

Elle revint vers le lit, secoua son mari.

– Jean... Jean, réveille-toi.

Il grogna, marmonna, la voix pâteuse :

– Qu'est-ce qu'il y a encore ?

– Appelle la police. On est en train d'assassiner quelqu'un dans le cimetière.

– Qu'est-ce que tu me chantes ?

Mais un nouveau hurlement et des cris lui firent prendre les affirmations de sa femme au sérieux. D'un bond, il sauta du lit et courut dans le salon pour prendre le téléphone.

Au premier hurlement, avait succédé un second, puis, un autre et un autre. Marguerite ne se contrôlait plus. Elle n'était plus qu'une petite vieille hystérique, hurlante, aux mouvements désordonnés, comme en transe.

Étienne, qui croyait être à bout de forces, en trouva suffisamment pour s'extirper du trou et voler au secours de sa compagne.

– Laissez-la tranquille, cria-t-il.

Ernst l'arrêta au passage.

– Ne t'en mêle pas. Laisse-les s'amuser.

– Vous n'êtes qu'une bande de vauriens, de vicieux, de pervers, cria-t-il, les poings serrés, faisant face à Ernst.

Celui-ci le regardait, amusé.

– Qu'est-ce que tu veux ? Te battre ?

Les filles étaient allées voir Arthur et Julien, sans doute pour participer, elles aussi. Nina et Hervé restaient près du chef.

Dans l'allée à côté, Marguerite ne résistait plus. Elle ne criait même plus, se laissait aller, chiffe molle, d'Arthur à Julien. Ce dernier en avait marre. Ça n'était plus drôle. D'une secousse plus vigoureuse, il balança la vieille loin de lui. Elle perdit l'équilibre, alla cogner contre un rebord de marbre. Arthur s'avança et lui donna un coup de pied.

– Allez, debout, vieille carne.

Un second coup n'eut pas plus de succès. Il se baissa, la retourna, reçut son regard vide en plein visage et se tourna vers Julien.

– Elle est clamsée.

– C'est pas une grosse perte !

Ils annoncèrent la nouvelle à Ernst qui arrivait. Pour toute oraison funèbre, il tira son pic à glace, qui ne le quittait jamais, et traça le chiffre fatidique sur le front de la vieille. 666 !

Étienne s'était élancé en hurlant : « non ! ». Ernst l'arrêta au passage et d'un geste qui lui était devenu naturel, il enfonça son pic dans le ventre du vieil homme.

CHAPITRE XIII

Le commissaire Trempon était un petit jovial, très excité d'avoir devant lui les as de la BRI.

Il répéta pour la dixième fois :

– Il était entre 1 heure et 2 heures du matin quand mes gars ont fait leur ronde, après le coup de fil du riverain. Ils n'y croyaient pas vraiment, parce que des appels à propos du cimetière et de lueurs qui se baladent, et de gémissements, on en a à peu près toutes les semaines. Mais là, le type était assez affolé pour qu'ils prennent le coup de fil au sérieux. Et voilà ce qu'ils ont découvert.

Il montra les deux cadavres à Tavernier et au Celte. Étienne et Marguerite, allongés proprement sur une tombe, ornée d'une croix gammée vengeresse.

Trempon pointa le doigt vers le front de la femme.

– C'est ça qui m'a fait vous appeler. On sait que vous êtes sur cette affaire. Ça fait assez de bruit.

Le chiffre se dessinait nettement. Loïc se pencha sur Etienne, écarta les pans de la vieille veste crasseuse pour observer de plus près le trou sanglant qui ornait sa poitrine. Il se releva, regarda Tavernier.

– Pic à glace.

– Il nous nargue, le salaud, lâcha le patron.

Il planta une gauloise entre ses lèvres et l'alluma rageusement. Autour d'eux, dans un rayon de 500 mètres, deux tombes ouvertes, les cadavres exhibés dans leur décomposition, des croix gammées un peu partout, et une foule d'empreintes que les services techniques relevaient minutieusement.

– Et vos gars n'ont rien entendu ? demanda Tavernier.

– Des ronflements de moto, mais comme il y en a toutes les nuits.

– Combien de motos ?

Trempon eut une moue.

– Ça… ils m'ont pas dit.

– Eh bien, il faut savoir. Interrogez vos gars.

– Sans attendre, commissaire, sans attendre.

Il tourna les talons et alla houspiller sa brigade. Tavernier et Loïc regagnèrent la voiture.

– Où en est Erhardt avec la carte bancaire ?

– La carte est bloquée depuis trois jours. Il n'a pas encore donné signe de vie.

– Il nous en fait baver, ce dingue. Le jour où on

l'aura, je crois que je vais lui faire une grosse tête.

– Patron... Et le règlement ?

– Eh bien, il y a des jours, où je m'en bats les couilles, du règlement, tonna Tavernier en faisant claquer la portière de la Renault.

Un tel écart de langage, de la part du commissaire, dénotait une très grande colère. Loïc ne pipa pas mot.

Ernst n'avait pas résisté au plaisir de se rendre à Bagneux, dès le lendemain matin. De loin, perdu dans la foule des badauds, il avait observé le ballet des flics autour des dépouilles des deux sans-abri. Ses yeux revenaient sans cesse sur Le Celte. Alors, petit flic de mes deux, une fois de plus, je te nique ! C'est un bras de fer entre nous deux et, cette fois, ce n'est pas toi qui gagneras.

Dans sa rage de vaincre, d'effacer l'humiliation de sa défaite avenue du Maine, il avait imaginé un stratagème. Attirer le flic dans un traquenard. La petite fête au cimetière n'était qu'un pansement dérisoire sur sa rage, une façon de dire : coucou, je suis encore là et je vous emmerde !

Cette fois, il allait se le faire en beauté !

****

De ses années de service en Algérie, Le Baron avait conservé quelques habitudes. Par exemple, il avait fait aménager un salon marocain, très intime, dans lequel il aimait prendre le petit déjeuner. Il faisait suite à la bibliothèque, dans laquelle il recevait ses invités. Comme elle, il ouvrait sur la terrasse.

Enfoncé dans les coussins moelleux recouverts de brocart rouge et or, Le Baron savourait sa dernière tasse de thé, le regard sur le parc qui déployait sa magnificence au-delà de la terrasse. Le ciel bleu, le soleil dorant déjà la frondaison des arbres, la matinée s'annonçait superbe. Un temps pour la promenade.

Il reposa la fine porcelaine sur la soucoupe et se leva. Il avait déjà chaussé de hautes bottes de cuir fauve. Il rajusta le foulard de soie autour de son cou et sortit de la pièce. Georges, était déjà dans le hall. Il décrocha la canadienne de la patère et aida Le Baron à l'enfiler. Puis, il lui présenta sa canne.

– Bonne promenade, monsieur.

– À tout à l'heure, Georges.

Le majordome ouvrit la porte. Le sexagénaire siffla le chien. Saturne, déjà dans le parc, arriva ventre à terre, frotta son museau contre le pantalon de velours côtelé et précéda son maître dans le petit perron.

À la suite l'un de l'autre, ils traversèrent la pelouse, sous l'œil attendri de Georges. La promenade matinale du Baron obéissait à un parcours dicté par le chien. Et celui-ci avait ses habitudes. Il n'en dérogeait pas. Il descendait jusqu'à la pièce d'eau, la contournait, aboyait après les canards qui y barbotaient, provoquant une panique à tire d'ailes, puis fouinait dans les roseaux de la berge avant de s'enfoncer dans le sous-bois. Le lieu sauvage du parc, abandonné à la luxuriance de la nature.

Là, Saturne filait devant, à la recherche d'un os éventuel, ou plus probablement d'un mulot ou d'un lapin qui, ici, prenaient leurs aises. Parfois, il comptabilisait 500 mètres d'avance. Le Baron, qui marchait d'un bon pas sur le sentier à peine tracé, l'entendait aboyer.

Pour le vieil homme, cette promenade, outre le plaisir de l'exercice, était comme une revue de détails. Il remarquait une branche cassée, qui menaçait de tomber, un buisson de ronces qu'il faudrait couper, des fougères trop envahissantes, un sapin, étouffé par les chênes, qui avait du mal à pousser. Il notait tout cela pour le dire à Georges qui gérait le jardinier.

Après une bonne demi-heure de promenade, il fut près du mur d'enceinte. Là, le chemin bifurquait et remontait vers le parc en suivant le ruisseau que Saturne affectionnait. C'était en général là que le chien et le maître se rejoignaient.

C'était la partie de la propriété la plus sombre. De grands chênes étendaient leur feuillage au-dessus du sol mou, recouvert de feuilles mortes.

Un sol propice à dissimuler les pièges que certains braconniers réussissaient à placer. C'est l'un de ces collets qui se referma sur le pied du Baron. La canne vola à trois mètres de là, pendant qu'il était soulevé de terre.

Son ascension s'arrêta à la hauteur d'une grosse branche d'un chêne. Assis à califourchon sur cette branche, un jeune homme au crâne rasé, le regardait, rigolard.

– Alors, comment voit-on la vie à l'envers ?

Malgré son français impeccable, il avait un léger accent. Allemand, détecta tout de suite Le Baron qui ne perdait pas son sang froid. Il lui répliqua donc dans cette langue.

– C'est une autre vision. Vous devriez en faire autant.

Ernst sourit et applaudit des deux mains.

– De l'humour, même dans les situations périlleuses ? Bravo ! J'apprécie…

Suspendu par un pied, la tête à un mètre du sol, Le Baron, dans cette position inconfortable, réfléchissait vite.

– Vous voulez quoi, au juste ?

– M'amuser ! répondit Teufel. Et je sens qu'avec vous, ça va être le pied. Et mon petit copain Le Celte, c'est comme ça que vous l'appelez, n'est-ce pas ? va arriver dare-dare pour vous délivrer.

Ces quelques mots éclairèrent Le Baron.

– Teufel… murmura-t-il.

Ernst eut une moue d'appréciation.

– De l'humour, de l'intelligence… Un adversaire de choix. Une faute cependant. Eh oui… personne n'est à l'abri.

– Laquelle ?

– Le rituel de la promenade. Il m'a suffi de trois jours d'observation pour comprendre que vous suiviez toujours le même parcours. Ensuite… Un jeu d'enfant.

La tête de plus en plus lourde, Le Baron se dit qu'il ne tiendrait pas longtemps comme ça. Ernst, d'un bond, sauta de sa branche et fut soudain près de lui. Il avança, et le regarda sous le nez.

– Vous devenez rouge pivoine. Quand votre tête va éclater, ça sera drôle. Mais je me serai amusé avec vous pendant quelques instants.

Soudain, Le Baron émit un sifflement bref. Celui qu'il avait émis pour appeler Saturne à la promenade. Le chien, qui gambadait les pattes dans le ruisseau, releva le museau, les oreilles dressées, à l'écoute. Et, comme on le lui avait appris, il sauta sur la berge et accourut ventre à terre vers son maître qui l'appelait. Il pila des quatre fers quand il aperçut Ernst.

– Je l'avais oublié, celui-là, grogna l'Autrichien en voyant le chien.

– Personne n'est à l'abri d'une erreur, fit Le Baron.

– Ta gueule, toi, le vieux, jeta Ernst.

Auquel Le Baron répondit par un vigoureux : « attaque ! ». Saturne montra les crocs et se mit en position. Mais Ernst, avec un sourire mauvais, avait tiré son pic à glace qu'il tenait fermement, face au chien.

Le Baron, suspendu au-dessus de l'humus, les vit se tourner autour, le chien grognant, aboyant furieusement, Teufel donnant de furieux coups de bras pour essayer d'éventrer le berger allemand.

Le sexagénaire tenta de se redresser en prenant la corde à peines mains. À vingt ans, ç'aurait été pour lui une bagatelle. Mais à son âge, les muscles ne répondaient plus. Alors, il n'avait qu'une solution : exciter le chien. Il avait rarement eu l'occasion de tester son dressage. C'était le moment. Mais Saturne se souviendrait-il des commandements ?

Le Baron réitéra d'une voix de plus en plus faible : « Attaque ! Attaque ! » Les aboiements du chien se firent plus furieux. Il ne cessait plus de donner de la voix en tournant autour d'Ernst, les babines relevées sur les crocs redoutables. Le pic à glace menaçant l'empêchait d'approcher et le rendait de plus en plus furieux.

Dans la cuisine, Georges mettait la dernière main au plat qu'il avait préparé pour le capitaine, comme il continuait à l'appeler. Tagine d'agneau. Il goûta, rajouta une pincée de cannelle, une autre de gingembre et regoûta. Parfait ! Un coup d'œil à la montre. Ah ! Il devrait être là. La fenêtre ouvrait sur la pelouse qui descendait doucement jusqu'à la pièce d'eau. Mais aucune silhouette ne s'y profilait. Georges fronça les sourcils. Le Baron, bien qu'en pleine forme, n'était tout de même pas de la première jeunesse. Lui était-il arrivé quelque chose ?

Et soudain, il perçut les aboiements furieux et continus de Saturne. Un frisson le parcourut. Le même frisson que dans le djebel. Danger ! Tous ces réflexes de vieux combattant revinrent. Malgré son âge avancé et ses articulations qui ne répondaient pas toujours à ses sollicitations, il bondit hors de la cuisine, monta en soufflant à l'étage, tout en dénouant le grand tablier qui ceinturait sa taille. D'un geste brutal, il ouvrit sa chambre, se précipita vers l'armoire, déménagea les chaussures, les cartons qui s'entassaient dans le fond et extirpa une vieille mitraillette.

Un souvenir des années de jeunesse qu'il avait conservé par maniaquerie. Elle n'avait pas servi depuis longtemps, mais il l'entretenait avec amour, le soir, dans la solitude de sa chambre en rêvant aux Aurès.

Accroupi sur le tapis, il fouilla le bas de l'armoire, attrapa enfin le chargeur et l'enclencha dans l'arme. Puis, aussi vite qu'il put, il redescendit. La pelouse lui parut immense à traverser. Il se maudit de ne pas faire plus d'exercice. Aurait-il la force d'aller jusqu'au bout ?

Il aurait dû s'arrêter pour reprendre son souffle, mais l'urgence lui commandait de continuer. Le vieil homme, sa veste blanche flottant au vent de la course, contourna la pièce d'eau, s'enfonça dans le sous-bois. Les aboiements de Saturne se rapprochaient. Si le capitaine était tombé, pourquoi le chien n'était-il pas venu le chercher ?

Dans le sentier, il sautait maladroitement les racines. Qu'il se casse la figure serait le comble ! Son cœur cognait comme un fou. Tiendrait-il le coup, avec cet effort inhabituel qu'il lui imposait ? Heureusement qu'il connaissait l'itinéraire de la promenade. Il gagnait ainsi du temps en allant droit au but. Ils devaient être près du mur d'enceinte.

Maintenant qu'il était assez près il reconnaissait les aboiements du chien. Il en avait après quelqu'un. Un sanglier ? Sans doute. Il y en avait qui s'aventuraient dans le parc.

Son regard sondait l'espace devant lui pour tenter d'apercevoir ce qui se passait réellement. C'est alors qu'il vit Le Baron suspendu au-dessus du sol. Mon Dieu ! Il s'était pris dans un piège. Ah ! Sacrés braconniers !

Il allait jeter ses dernières forces pour venir en aide à son maître quand son regard accrocha

Saturne, les crocs dégagés, menaçants, tournant autour d'un homme qui le tenait à distance. Et cet homme, jeune, le crâne rasé, dans sa combinaison de motard, n'avait pas du tout l'air d'un braconnier.

Georges se planqua derrière un chêne. Mais Saturne l'avait senti. Il tourna sa gueule vers lui. Les aboiements se diversifièrent, comme s'il lui réclamait de l'aide. Ernst regarda dans cette direction. Le majordome se sentant découvert, émergea, la mitraillette bien calée sur sa hanche. Le Baron eut un soupir de soulagement en le voyant.

– Ne bouge pas ! cria Georges.

Ernst regardait le trou rond du canon de l'arme. Ces deux vieux avaient plus de ressources qu'il ne l'imaginait, et il sentait ce fou prêt à tout pour sortir son maître de sa fâcheuse situation. Inutile de risquer sa vie. La rage au cœur, il fit demi-tour.

Georges appuya sur la détente. La mitraillette obéit et cracha avec rage. Un hurlement fit écho à la pétarade de l'arme automatique. Il l'avait touché ! Le majordome lâcha l'arme et se précipita vers Le Baron, tout en hurlant au chien :

– Cherche, Saturne ! Allez, cherche !

Le chien partit en reprenant ses aboiements. Georges détacha le sexagénaire et le coucha avec précaution sur l'humus. Accroupi à ses côtés, il dénoua le foulard, ouvrit la veste et massa la poitrine du vieil homme.

– Ça va, capitaine ? demanda-t-il, anxieux.

– Merci, mon bon Georges, murmura Le Baron, à bout de forces. Quelques minutes de plus, et je ne tenais plus. Oh ! Ma tête…

Il ferma les yeux, écoutant le sang affluer lentement vers l'extrémité de ses membres. Ses mains, ses pieds étaient glacés. Georges les lui massa énergiquement.

Saturne avait atteint la limite de la propriété. Les deux pattes avant posées sur le mur d'enceinte, il aboyait furieusement, la tête levée vers son faîte.

Ernst, malgré la blessure à la cuisse, avait trouvé la force de grimper et de se laisser retomber de l'autre côté.

Bientôt, Le Baron et Georges entendirent une moto démarrer et se perdre dans le lointain.

– Il faut avertir le commissaire, articula péniblement Le Baron avant de sombrer dans l'inconscience.

****

Deux heures plus tard, l'hélicoptère de la gendarmerie se posait en douceur sur la pelouse devant la propriété du Baron. Il était allongé sur le canapé de la bibliothèque, une couverture sur les genoux. Georges, pour l'amener jusqu'ici, avait fait appel au jardinier qui, par bonheur, travaillait ce jour-là à la propriété. Dans un éclair de lucidité, Le Baron avait refusé d'être transporté dans sa chambre.

Georges avait allumé un grand feu et préparé le thé préféré du capitaine. Depuis, épuisé, il s'était affalé dans un siège, dans le hall, en attendant l'arrivée des membres de Phœnix. Quand il entendit le ronflement de l'hélico, il se leva avec difficulté. Brusquement, ses articulations s'étaient grippées, comme une vieille machine qui rechigne à démarrer. Il se traîna jusqu'à la porte et, au prix d'un effort surhumain, il réussit à tenir sa place en haut du perron, très digne dans la veste blanche, propre, qu'il avait troquée contre l'autre, tachée de boue.

Tavernier et Le Goënec accouraient, tandis que l'hélicoptère reprenait déjà de la hauteur. Le commissaire tendit la main au majordome.

– Ah ! Georges, heureusement que vous avez bien réagi.

– Quelques restes de mes années dans l'armée, répondit-il modestement.

– Comment va-t-il ?

– Il se remet doucement.

Il les fit entrer et les accompagna jusqu'à la bibliothèque. Loïc fut frappé du teint très pâle de leur hôte. Il somnolait et ouvrit les yeux à leur entrée. Il tendit la main vers eux, sans bouger de sa position allongée.

– Ah ! Mes amis… vous avez fait vite, c'est bien. Prenez des sièges.

Les deux policiers s'installèrent à son chevet. Saturne se reposait lui aussi, près de l'âtre. Il ouvrit à peine un œil à l'entrée des deux policiers et ne daigna pas se déranger.

– Racontez, sans omettre le moindre détail dont vous pourriez vous souvenir.

Le Baron fit le récit de sa promenade interrompue.

– Saturne ne pouvait rien faire. Ç'aurait pu se terminer tragiquement sans la présence d'esprit de ce brave Georges.

Il eut un sourire.

– J'ignorais qu'il avait conservé cette arme. Et grâce à sa maniaquerie, elle a fonctionné parfaitement, malgré son grand âge et ces années d'inaction.

Il parlait lentement, avec difficulté et s'arrêtait souvent pour reprendre son souffle.

– J'ai bien cru que, cette fois, c'était la fin.

– Parlez-nous de votre agresseur, demanda Tavernier.

– C'est le fils Weinberg, l'homme que vous recherchez. J'ai tout de suite remarqué son léger accent et je lui ai parlé en allemand. Il a répondu. Comment est-il arrivé jusqu'ici, je l'ignore. Georges l'a touché. Son hurlement ne faisait aucun doute. Et pourtant, il a pu reprendre sa moto.

– Espérons qu'il est touché sérieusement et qu'il n'aura pu aller bien loin, marmonna Le Celte. Nous allons faire boucler la région par les gendarmes. Dès l'appel de Georges, nous avons établi des barrages sur toutes les routes, autoroute, nationales et départementales qui convergent vers Paris.

– Merci mes amis. C'est peut-être le dernier acte de cette douloureuse affaire. Je vais pouvoir donner de bonnes nouvelles à mon ami de Bonneuil.

– Nous allons tout faire pour, promit Tavernier. Croyez-moi, nous aussi, nous avons un sérieux compte à régler avec ce fou.

Le Baron ferma les yeux. La main qu'il leur tendait devenait molle. Il était temps de le laisser récupérer. Les deux flics se retirèrent sur la pointe des pieds. Saturne bâilla, s'étira et les suivit.

CHAPITRE XIV

Georges était dans le hall, les attendant.

– Veillez bien sur lui, dit Tavernier. Il en a pris un sacré coup.

– Je sais, monsieur. Vous pouvez compter sur moi.

– Passez-nous les clés de la Mercedes, demanda Le Celte.

– Tout de suite, capitaine.

Georges alla dans la cuisine, ouvrit un tiroir et y prit la clé de la voiture qu'il remit au Celte.

Il leur ouvrit la porte. Le chien les précéda dans la grande pelouse. Comme par magie, il avait retrouvé toute sa vitalité et courait jusqu'à la pièce d'eau.

– Saturne, aux pieds, cria Loïc.

– Il nous conduit, souffla Tavernier en courant derrière.

Ils atteignirent rapidement le sous-bois. Parfois, ils perdaient Saturne au détour du sentier. Mais le chien avait un aboiement rapide qui les guidait. Et puis, les aboiements se firent plus intempestifs.

– Il a trouvé quelque chose, fit Le Celte en accélérant.

Saturne s'était arrêté sous la corde du piège que Georges n'avait pas pris le temps d'ôter. Il s'agitait, montrant les crocs.

– Ingénieux, remarqua Tavernier en observant le piège coulissant sur une branche du chêne. Notre homme a dû se planquer là-haut et il lui suffisait de tirer.

Au sol, des traces de piétinements. Saturne avait continué dans le sous-bois. Ils se lancèrent à sa poursuite. Soudain, Le Celte s'immobilisa et se pencha sur les feuilles mortes qui tapissaient l'humus.

– Regardez, patron.

Tavernier s'accroupit et frotta son doigt sur une feuille qui présentait une tache suspecte. Il huma le bout de son index.

– Du sang.

Ils se redressèrent et reprirent leur course à la suite du chien qu'ils entendaient aboyer à une cinquantaine de mètres. Saturne s'était arrêté devant le mur d'enceinte et, les pattes de devant sur les pierres, il donnait de la voix. Des traînées brunâtres maculaient le mur.

– Encore du sang. J'ai l'impression qu'il en a perdu beaucoup. Il doit être sérieusement touché, supposa Loïc.

– Une mitraillette, ça fait des dégâts. Il n'y est pas allé de main morte, le majordome. Espérons que cette blessure l'a suffisamment handicapé pour qu'il se terre dans la région.

****

Touché à la cuisse, Ernst se demandait encore par quel sursaut de survie, il avait réussi à grimper les 2 mètres 50 du mur d'enceinte. En boitant, il s'était traîné jusqu'à sa moto, planquée sous les arbres, loin de la route. Il l'avait poussée sur le macadam et avait démarré dans un état second. Enfourchant cet animal familier, il s'était senti en sécurité. Avec lui, il rejoindrait Paris avant même que les flics aient le temps de dire « ouf ». Avant, il lui fallait passer par Nevers où Nina l'attendait.

Mais il avait rapidement déchanté. Après quelques kilomètres sur des petites routes désertes, il avait croisé un camion qui avait furieusement klaxonné en le croisant. Ernst s'était rendu compte qu'il roulait pratiquement sur la gauche. Il avait repris sa droite. Les yeux brouillés, il roulait en zig-zag. Ses mains n'avaient plus la force de tenir fermement le guidon. Sa cuisse gauche pissait le sang et il sentait son énergie l'abandonner au fil des kilomètres avalés.

Il n'atteindrait pas Paris dans ces conditions. Son esprit, plus très clair, tentait d'échafauder un plan de sauvetage. Première précaution : téléphoner à Nina, qu'elle le rejoigne.

Il abordait un village. Il roula lentement jusqu'à l'église et stoppa la moto près du mur. Le portail était grand ouvert et des voix enfantines récitaient des prières. Un petit garçon, d'une dizaine d'années, était sorti et soulageait une envie pressante contre le mur, près duquel Ernst s'était arrêté. Il comprit tout de suite le parti qu'il pouvait tirer de la situation.

Avec difficulté, il descendit de la moto et approcha du garçon en titubant. Il plaqua sa main sur la bouche de l'enfant et lui murmura :

– Viens, on va rejoindre tes copains.

Le gamin lâcha son petit sexe, termina d'uriner sur son pantalon et roula des yeux fous de terreur. Ernst le poussa devant lui. Ils entrèrent dans l'église. Un prêtre se tenait debout, face à une dizaine d'enfants assis sur les bancs, pour la leçon hebdomadaire de catéchisme. Il s'interrompit en voyant le gamin prisonnier de cet homme au regard déterminé. Les enfants se retournèrent et restèrent pétrifiés par le spectacle de leur camarade ceinturé, bâillonné.

Ernst ferma le grand portail et avança dans la nef jusqu'au prêtre. Les gamins n'avaient pas bronché. Pas un ne hurlait.

– Que voulez-vous ? bredouilla le curé.

– Un médecin, murmura Ernst.

Il faisait des efforts surhumains pour tenter de rester debout, de se montrer ferme et menaçant. Il lâcha le gamin qui se pelotonna contre le prêtre.

– Ça va ? s'enquit-il.

Il lui pressa affectueusement l'épaule.

– Va rejoindre tes camarades.

Puis, s'adressant aux enfants :

– Ne vous en faites pas. Tout va bien se passer. Cet homme est blessé. Il a besoin de soins. C'est pour cela qu'il a frappé à la porte de Dieu.

– De Dieu, mon cul, bredouilla Ernst appuyé contre un pilier. Sais-tu bien qui je suis ? Teufel. Démon en allemand.

Le prêtre se signa rapidement et les enfants, par mimétisme, en firent autant.

Ernst sortit son mobile.

– Dépêche-toi. Donne-moi l'adresse du toubib. Sinon, je vais me vider de mon sang sous les yeux des mômes.

Le prêtre bredouilla un numéro qu'Ernst composa au fur et à mesure.

– Toubib ?... Venez à l'église, tout de suite avec votre trousse. De quoi ligaturer... Non... blessé, par balle... Eh ! Un dernier mot : inutile de prévenir les flics. J'ai une dizaine d'enfants en otage et le curé en prime, et je suis armé, OK ?

Il coupa la communication, reprit son souffle en

fermant les yeux. Le prêtre se dit qu'il fallait en profiter. Il fit signe à deux enfants de se lever et d'aller dans le fond de l'église. Malgré leurs précautions, leurs pas résonnèrent suffisamment pour réveiller Ernst qui se laissait aller à la fatigue. Il brandit son pic à glace, se redressa et menaça.

– Le premier qui bouge, je le plante, c'est compris.

Un petit, effrayé, commença à pleurer.

– Ta gueule ! jeta Ernst en pointant son pic vers lui.

Le gamin se tut instantanément. Ernst fit alors le numéro de Nina.

– Nina… Faut que tu viennes, avec une bagnole… oui, un pépin… un dingue… Une bastos dans la cuisse, avec une arme qui date de Mathusalem ! J'attends le toubib…

Il regarda le curé.

– Le nom du village ?

– Saint-Aubin sur Nièvre.

Il le répéta à Nina.

– Non, ne t'en fais pas. Si tu m'aides, tout ira bien. J'ai des mômes et même un curé qui veillent sur moi. Tu vois, je suis dans la main de Dieu… acheva-t-il avec un rire sardonique.

– Ne blasphémez pas, s'écria le prêtre en se signant à nouveau.

Ernst raccrocha. Le curé et les enfants ne le quittaient pas des yeux.

– Eh ben, continuez ce que vous leur appreniez, lâcha-t-il dans un souffle. J'apprendrai en même temps. Je séchais tous les cours de cathé, moi. Ce que ça pouvait m'emmerder.

– Y a-t-il quelque chose qui ne vous ennuie pas ? demanda doucement le prêtre.

Innocemment, il espérait le désamorcer, le ramener à la raison. Mais Ernst ne mordit pas à l'hameçon. Il eut un rictus.

– De la psychololo… Ça ne m'étonne pas des curés. Toujours la morale plein la bouche. Ouais… Des gens comme vous m'emmerdent profondément. Et dans d'autres circonstances, il y longtemps que vous seriez déjà auprès de votre dieu tout puissant.

Il repensa à la bonne sœur dans le couvent, à Vienne, et se dit que c'était le bon temps.

Tavernier et Le Celte, toujours accompagnés de Saturne, étaient rapidement remontés vers la maison pour prendre la voiture. Laissant le chien courir devant, ils contournèrent la propriété et se retrouvèrent le long du mur d'enceinte, à l'endroit où Ernst avait sauté. Saturne avait stoppé et aboyait, à nouveau, furieusement. Le Celte descendit, le flatta et lui murmura à l'oreille :

– Allez, mon chien, vas-y, cherche… cherche.

Le berger allemand s'engagea d'abord dans les fourrés de l'autre côté de la route, fouina un instant, puis revint sur le macadam et partit, ventre à terre. Loïc n'eut que le temps de remonter en voiture.

– Il a repris la moto ici et est parti.

Ils parcoururent ainsi quelques kilomètres. De temps en temps, le chien s'arrêtait pour renifler et repartait vivement. Ils atteignirent bientôt Saint-Aubin. Saturne pila devant l'église et aboya. Le Celte s'empressa de descendre de voiture et de lui emprisonner la gueule.

– Ça va, Saturne, chut… T'es un bon chien… mais oui… chut. Calme.

Le chien, comprenant, se contenta de grogner en restant dans une attitude d'attaque.

Loïc revint vers la voiture. Il était deux heures de l'après-midi. Ils n'avaient rien mangé, mais ne ressentaient pas la faim. Le village était désert, chacun faisant la sieste, probablement. De l'église leur parvenait un chant.

Tavernier était sorti de la Mercedes du Baron.

– Il s'est réfugié dans l'église.

– Oui. Mais le plus inquiétant, il a des otages. Vous entendez, patron ? Et ce sont des enfants.

– Bon Dieu… jura le commissaire. Quand on sait que ce type est capable de tout. Faut mettre le paquet. J'avertis la gendarmerie.

Déjà, il avait son téléphone à la main. Du fond de la petite place, un homme, une serviette de cuir à la main, se hâtait vers l'église. Loïc sortit son

Smith & Wesson et se plaça devant le type.

– Police ! Vous allez où comme ça ?

– Je suis médecin. Il y a un homme là-dedans qui est blessé. Il a demandé mes soins. J'y vais. Et, en plus, il a des enfants en otages. Ce n'est vraiment pas le moment de jouer les James Bond.

– Ce n'est pas notre intention, docteur, répliqua Tavernier. Mais cet homme est très dangereux.

– Pas question que vous entriez avec moi. Il m'a demandé d'être seul.

– Y a-t-il une autre entrée dans cette église ? intervint Le Celte.

– Oui… par la sacristie, derrière. Venez, je vais vous montrer.

Ils firent le tour et s'arrêtèrent devant une porte basse. Loïc posa sa main sur la poignée. Par chance, le curé ne craignait pas les voleurs : elle n'était pas fermée. Ils revinrent sur la place.

– C'est bon, fit Loïc.

– Bien. Vous allez entrer, dit Tavernier au médecin. Vous ne nous avez pas vus, c'est bien entendu ? Pratiquez vos soins. Il va certainement vous retenir, vous aussi ?

– Je sais.

– Bonne chance.

Le médecin se détourna et alla jusqu'au portail. Il frappa fort. Le chant s'arrêta. Il cria :

– C'est le médecin… Oui.

Et il entra, en refermant soigneusement derrière

lui. Tavernier regarda Le Celte.

– J'ai averti la gendarmerie. Je les attends. À toi de jouer, fils. On va essayer de le prendre en sandwich. Sois prudent.

Loïc repartit vers la sacristie. Il entra prudemment et referma. C'était une petite pièce tout en boiseries. Une grande armoire tenait un pan de mur. Des étagères supportaient des missels et des livres de catéchisme. Sur une petite table, les objets du culte : ciboire, calice, burettes, et sur un cintre la chasuble pour célébrer l'office.

En face de lui, une autre porte. Celle qui devait ouvrir dans l'église, probablement dans le chœur. Le Celte s'y dirigea en prenant soin de ne rien bousculer. Il dégaina son Smith & Wesson. Il colla son oreille au battant. Dans l'église, le silence s'était fait. Sans doute que le médecin soignait Teufel. Un moment où il devait être moins sur ses gardes.

Loïc ouvrit doucement la porte. Par bonheur, elle ne grinça pas. Il émergea dans le sanctuaire derrière une stalle en bois sculpté. Il s'y tapit. Il ne voyait pas ce qui se passait, mais il entendait.

– Non, pas de piqûre, grogna Ernst.

– Vous en avez besoin pour arrêter l'hémorragie.

– Que vous dites ! Vous allez m'injecter un somnifère, comme ça vous pourrez me livrer aux flics.

– Vous allez vous vider de votre sang, ici, devant tous les enfants.

– Mais non ! Vous avez fait un garrot. Dès que la voiture arrivera, ce ne sera plus votre problème, toubib.

Le Celte se redressa légèrement, risqua un œil. Ernst était allongé sur le dallage devant l'autel, le médecin accroupi à ses côtés. En face d'eux, le prêtre et les enfants. Il bondit hors de sa cachette, priant le ciel que le toubib ait le bon réflexe. Le Smith & Wesson brandi, il hurla :

– Pas un geste, Weinberg. Tu es dans ma ligne de mire.

Le médecin avait roulé sur le côté, hors de la portée de son patient. Les enfants crièrent, le prêtre tenta de les calmer en beuglant :

– Sous les bancs, vite, à l'abri.

Ernst, rapide, se redressa malgré la douleur et son extrême fatigue et, d'un geste vif, il lança le pic à glace dans la direction du policier. Loïc se baissa. L'arme d'Ernst se ficha dans la porte de la sacristie.

Les enfants, sans obéir à l'injonction du prêtre, s'étaient levés et, affolés, couraient dans tous les sens, comme une volée de moineaux.

Le Celte visa l'épaule et s'apprêta à tirer. Mais l'Autrichien, dans un ultime effort, avait agrippé une petite fille qui passait à sa portée et la plaquant contre lui, il fit face à son adversaire.

Ses yeux, ses mâchoires contractées, tout lui disait : eh bien, vas-y, tire !

– Venez les enfants, venez, cria le prêtre.

Il réussit à leur faire entendre raison, à les regrouper pour courir vers le portail et la liberté.

Nina l'avait accompagné jusqu'à Nevers. Quand elle reçut le message de son amant, son visage se ferma. Elle se leva, quitta le bistrot dans lequel elle l'attendait et marcha au hasard des rues, en quête du pigeon. Ce fut sur le parking d'une superette que la chance lui sourit.

La femme devait avoir dans les 40 ans. Seule. Elle rangeait ses courses dans le coffre d'une Golf. Nina s'approcha, la laissa monter dans la voiture, mettre le contact et ouvrit brusquement la portière pour s'installer à ses côtés.

– Mais… bredouilla la femme, éberluée.

Le couteau à cran d'arrêt se pointa sur sa cuisse.

– Vas-y, roule. T'occupe pas de moi.

Que pouvait-elle faire d'autre qu'obéir ?

– Saint-Aubin, tu connais ?… Eh bien, c'est là qu'on va. Et ne traîne pas. Je suis pressée.

Les kilomètres défilèrent dans le silence. La conductrice, les mains crispées sur le volant n'osait même pas tourner la tête vers Nina. Heureusement, le village n'était qu'à une vingtaine de kilomètres de Nevers.

– Tu vas vers l'église, ordonna Nina.

Mais, dès les premières maisons du village, elle comprit.

– Fais demi-tour.

La femme obéit. Le demi-tour effectué, Nina lui demanda de s'arrêter. Elle descendit et, penchée à la portière :

– Tu retournes à Nevers… et sans t'arrêter, tu piges ?

La femme hocha la tête, appuya sur l'accélérateur et la voiture disparut.

Les habitants du village étaient tous dans les rues qui convergeaient vers l'église. De loin, Nina vit les voitures bleues de gendarmerie. Comment aider Ernst ? Prenant de la distance, par les petites rues adjacentes, elle fit le tour de l'église.

Sous les voûtes gothiques, c'était le silence. Ernst s'était affalé derrière un pilier, la petite fille serrée contre lui. Elle hoquetait de peur.

Au fond du chœur, derrière l'ancien autel, Le Celte, le Smith & Wesson à la main, progressait par bonds vers la nef centrale. Soudain, sur la gauche, il y eut un raclement de chaussures sur le pavement. Loïc se baissa, scruta l'ombre colorée par le soleil à travers les vitraux. Il aperçut la sandale de la petite fille. Un gémissement continu peuplait le silence. Teufel souffrait.

– Tu vas crever, cria-t-il. Tu ferais mieux de te

rendre.

– Va te faire foutre !

La voix était à peine audible. Loïc fit un nouveau bond pour se rapprocher de l'Autrichien. Il voulait récupérer la fillette. Le raclement de chaussures reprit. La cheville apparut, puis le mollet. La fillette glissait doucement sur le pavement pour s'éloigner d'Ernst qui, à bout de forces, s'était évanoui et l'avait lâchée.

Loïc se redressa pour se précipiter vers elle. À ce moment, la porte de la sacristie s'ouvrit. La petite hurla. Le Celte se retourna et fit face à Nina qui criait « Ernst ! ». Elle vit le pic à glace, fiché dans la porte. Elle l'arracha et d'un geste violent voulut le lancer vers Le Celte. Mais il fut plus rapide. Le Smith & Wesson cracha. La fillette eut un nouveau hurlement quand Nina s'affaissa comme une poupée de chiffon.

Les portes de l'église s'ouvrirent en grand et Tavernier s'élança dans la nef. Un gendarme courut vers la petite, la prit dans ses bras et l'emporta hors de l'église.

– Tout est OK ? demanda le commissaire en rejoignant Loïc.

– Il est derrière ce pilier. Je pense qu'il est mort, répondit Loïc d'une voix lasse.

Tavernier s'y rendit. Ernst, adossé contre le pilier, le scrutait de son terrible regard haineux, par-delà la mort. Le Celte approcha de Nina.

Accroupi près du corps, il la retourna. Elle était tombée sur le pic à glace qu'elle tenait encore, fiché dans sa poitrine.

ÉPILOGUE

L'aéroport de Roissy fourmillait de monde. Des colonnes de passagers traînant des bagages ou des enfants, poussant des chariots surchargés, se croisaient lentement.

La double porte des arrivées s'ouvrait par intermittence, déversant son flot de touristes, d'hommes d'affaires, hagards, qui scrutaient tous ces visages attentifs, cherchant celui ou celle qui avait eu la bonne idée de venir le chercher.

Loïc se tenait légèrement en retrait de cette foule. On ne savait jamais quel avion arrivait. Il fallait zieuter les étiquettes sur les bagages, ou les gueules des débarqués. Mais il savait qu'un léger pincement au cœur l'avertirait quand elle apparaîtrait.

Florence, on ne pouvait pas la rater, même si l'on ne s'appelait pas Loïc Le Goënec. Elle avait une grâce, une aisance même après 15 heures de vol qui la situait au-dessus du lot. Ils s'aperçurent en même temps. Il approcha, elle traîna sa valise jusqu'à lui et se blottit contre sa poitrine.

– Ça fait du bien de te retrouver, murmura-t-elle.

– Attends… Dans 15 jours, tu vas peut-être changer d'avis, répondit-il dans un sourire.

– Pourquoi ?

– Parce que je t'enlève. Direction Belle Ile. Le carrosse de ma princesse l'attend dans le parking du deuxième sous-sol.

– Mais… mon article ?

– J'ai tout arrangé avec ton rédacteur. Il t'octroie une quinzaine pour l'écrire. Tu as bien ton ordinateur ?

– Oui…

– Alors, où est le problème.

Ils prirent l'ascenseur, retrouvèrent la voiture. La valise se cala dans le coffre contre celle de Loïc. Les portières claquèrent et le moteur tourna.

Ils se regardèrent, heureux.

– Partons à l'assaut des falaises, de la mer houleuse, du vent, de la lande.

Flo se blottit contre son épaule. La voiture effectua une marche arrière et prit la direction « Sortie » pour remonter la rampe et quitter la grisaille parisienne.

Achevé d'imprimer sur les presses de

BUSSIÈRE
GROUPE CPI

à Saint-Amand-Montrond (Cher)
en octobre 2007

VAUVENARGUES - 14, rue Léonce Reynaud - 75116 Paris
Tél. : 01-40-70-95-57

— N° d'imp. 71704. —
Dépôt légal : octobre 2007.

Imprimé en France